你背過
一本
英文書嗎？

영어책
한권 외워봤니?

金敏植 ── 著

袁育媗 ── 譯

台灣版序言
學英文學得更開心

金敏植

致 台灣讀者：

　　《你背過一本英文書嗎？》的寫作契機源自二〇一五年的南美洲背包之旅，我在阿根廷與智利待了一個月，旅途中我突然體悟到自己四十八歲還可以隻身跑到這麼遠的國度享受旅行的樂趣，不都得歸功於二十歲所學的英文嗎？因此我決定要把簡單學好英文的祕訣跟大家分享。

　　在埃爾恰登開往埃爾卡拉法特的巴士上我遇見了一位才剛

結婚不久的台灣新郎。當時我一看隔壁座位的旅客也是東方面孔，心裡很開心能夠在地球另一端遇到亞洲人，於是我就用中文跟他打招呼，兩人越聊越投緣。我問：「你為什麼來南美洲旅行？」他說：「我是來巴塔哥尼亞健行的。」他還說他和妻子要去南極度蜜月。

「我還是第一次聽到有人在南極度蜜月。」

「不只是你，台灣朋友聽了也都笑我是『起肖新郎』(?)，因為我一直夢想能去南極旅行，但公務員不容易請長假，所以我婚前就問未婚妻要不要在南極度蜜月，她也答應了。大家都說幹麼去這麼冷的地方度蜜月？笑我們不是去『honeymoon』，而是『coldmoon』。」

韓國的喜劇PD與台灣的新郎官夾雜著英文和中文聊得不亦樂乎，聊著聊著他突然問我是怎麼學英文的，怎麼能如此流利？他一聽我是靠自己背書，便很好奇其中的祕訣。

「不瞞你說，我也正在想該不該出書，因為身邊太多人問我了。」

「我也很好奇你有什麼祕訣，要是書也能在台灣出版就好了。」

今年年初我接到這本書即將在台灣出版的消息，很開心能實現旅途中因緣際會所許下的諾言。我跟台灣特別有緣，我

的情境喜劇處女作《New Non-Stop》最先受到海外觀眾喜愛的地區就是台灣，且二〇一五年我曾經到高雄拍攝韓劇《女王之花》的外景，那兩週的時光讓我愛上了台灣的美和人情味，因此二〇一六年秋天我便趁休假去台北來場十天的旅行，還在部落格發表了台北遊記。我很高興我的書能在我喜愛的國家出版，在此特別感謝譯者、出版社相關人員，但願《你背過一本英文書嗎？》能讓讀者學英文學得更開心，也希望將來在旅途上有緣遇到台灣的讀者。謝謝大家！

前言

　　二〇一五年我在南美的巴塔哥尼亞健行，每天都走二十公里路，回到青年旅館我通常整個人累癱倒在床上，這時候我會拿出智慧型手機播放已經下載好的美劇或情境喜劇。當時我很愛看《路易不容易》這齣劇，我還記得其中有一段是這樣的：

　　劇中路易是個在賭場表演的三流單人脫口秀藝人，因為是專為賭場客人準備的免費表演，很少觀眾會專心聽。會有這樣的表演，大概是賭場老闆想讓輸錢客人看了之後轉換心情，再回去賭一把吧？當然也是有人付錢來看表演的，這些觀眾反應明顯熱烈許多，畢竟都花了錢當然要專心看，如果來這裡發呆

想別的事情，又何必花大錢入場呢？相反地，免費看秀的觀眾就沒什麼反應，他們一覺得無聊就隨時走人，心想著還要回去賭一把呢！

正當路易使出渾身解數搞笑時，一位客人起身準備離開。

「你不看我的秀，要回去賭場嗎？去了只會輸錢，這裡的飯店老闆可是唐納・川普呢！川普跟你們誰比較有錢？何必把辛辛苦苦賺的錢貢獻給賭場？川普不用各位的貢獻，因為他早就是億萬富翁了！」

後來路易被飯店經理叫去。

「喂！喂！你怎麼可以對來找樂子的客人們開這種玩笑？」

「他們根本沒有專心看我表演！」

「你以為他們是來這裡看你表演的嗎？他們是為了賭博啊！你幹麼掃他們興？」

路易頓時感到自尊心受到嚴重打擊。

「哼，算了。我不幹了！這不就得了嘛！」

他一怒之下把工作給辭了，走出賭場後，他看到了一位資深幽默諧星正在大劇場表演。這位祖母級諧星都六十歲了還能在舞台上綻放光彩，路易看了相當感動，於是便跑去後台向她表達自己的尊敬之意。兩人相談甚歡，路易還說了今天自己把工作辭掉的事。

資深諧星瓊‧瑞佛斯和路易的對話如下：

瓊：你不幹了？

路易：嗯。

瓊：為什麼？

路易：那裡糟透了。

瓊：但你不該辭職。如果是被炒魷魚就算了，但不要自己提離職。不管再怎麼辛苦，怎麼樣你都該撐下去。

路易：撐住，狀況就會好轉嗎？

瓊‧瑞佛斯盯著路易一會兒，接著說：

"I wish I could tell you it gets better. But, it doesn't get better. You get better." （雖然我想告訴你狀況會好轉，但事實上並不會，然而你會變得更好。）

看到這一幕我瞬間整個人傻住了，腦袋裡不斷繞著這句話──狀況不會因此變好，但只要不放棄，你就會變成更好的人。

當你撂下「老子不幹了！」而轉身離去，其實也就是承認自己的能耐就到這裡，然而對一個願意撐下去的人來說，他

的能耐是不受限的，因此我決定不論再怎麼辛苦，我都要撐下去，直到成為更好的自己為止。流行歌手凱莉・克萊森不是有句歌詞嗎？「What doesn't kill you makes you stronger.」

學英文重視的就是堅持。曾經有個後輩跑來問我學英文的祕訣，他上了會話班、找了家教，甚至語言學校也去了，試過了各種方法依然沒進步，總是半途而廢。

「你背過一本英文書嗎？只要背完一本書，你的英文自然就會變得很流利了。」我說。

他接著又問還有沒有更輕鬆的方法？輕鬆學習可以，但它沒有效果，而且沒有什麼方法比背一本書更明確具體的了。無論再怎麼辛苦，只要熬過六個月就能打好英文基礎，如果跳過這個階段直接去找輕鬆開心的方法，你的確會覺得很快樂，但終究沒有效。用CNN新聞學英文，你只會聽懂你已經會的單字，不懂的地方怎麼樣還是不會。你可能隱隱約約聽到「恐怖主義、巴黎、總統」這幾個單字，然後你就用它們來推敲意思，以為自己聽懂CNN新聞七成的內容，但這樣並不是真正的英文學習。

若你真的認為自己聽得懂CNN，那就試試看聽寫吧！如果寫出來的東西都能成句子，就代表你真的聽懂；若不是，就別用CNN學英文了，那只會浪費你的時間和精力，不如辛苦一點

聽初級會話，跟著一起念並把它背下來。如果沒有百分之百搞定初級就急著升中級，就會像沙灘上的沙堡一樣很快就被浪潮給擊潰了。

如果只是把英文當興趣學，那你當然可以輕鬆一點，然而若抱持著改變人生的覺悟來學英文，那就不得不背書。雖然辛苦，但這個方法的效果最持久也最有收穫。好比蓋高樓，你一定得在人家看不到的地方多下點功夫，把地基打深。在你辛苦背誦的同時，你的體內也會產生某種變化，當你熬過並獲得某種成效時，你會對自己感到由衷的驕傲。投機取巧對人、對英文都沒有幫助。放棄，你的能耐就只到那裡；撐下去，你將會變成更棒的自己。

我認為人生最重要的是有一顆積極進取的心，期望自己能比昨日過上更好的人生。

因為今天的持續，所以明天才有無限可能。

我每天都抱持著這個想法過日子。我剛開始學英文就每天背句子了，因為我希望自己每天都進步，如此日積月累進而改變我的人生。一天背十句，幾個月後一本書就背完了，這時候英文的話匣子也打開了。真的有可能嗎？不信的話，就讓我為大家介紹改變我人生的英文學習方法吧！

目次
contents

03 讓零碎時間變得更有價值

04 若你已經背熟了一本書

05 持續快樂學英語

06 到頭來，英語即自信

01

學英文
不分年齡

I've found that luck is quite predictable. If you want more luck, take more chances. Be more active. Show up more often.

- Brian Tracy

迫切感是學好英文的祕訣

改變人生的轉捩點在什麼時候呢？就在你迫切想要改變人生的那個當下。

　　每次別人知道我是口譯員出身的PD[*]，一定問我是怎麼學英文的。我不是英文系，別說住過美國或是念語言學校了，我連英文會話補習班都沒上過，我都是靠自學和背書。如果你問我學好英文的祕訣是什麼，我會說「迫切感」。

　　我大學念的是資源工學系，當初以為會是學習新材料的高科技工學，進去才知道的確是學習「材料」，但不是「新」的，原來我們系的前身叫做「礦產學系」。想當然，我本來就

---

[*] 譯註：節目製作人或影視導演。

不打算去礦坑工作，自然沒有讀書的欲望了。原本我的第一志願是產業工學系，但我的高中在校成績十等級才排名第五等，第一志願落榜後就被分發到資源工學系了。既然我的在校成績這麼差，看來重考也無望，就在校園裡茫茫然度過了兩年，接著就去當兵了。

分好隊去寢室跟學長打招呼時，學長要我自我介紹，還問我大學學了哪些課，我說煤礦採礦學、石油鑽採工程。

「所以畢業後就要去礦坑工作了？」這位有點討人厭的學長追問。

「我沒那個打算。」

「那你想靠什麼過活？」

這句話讓我頓時說不出話來，呆站在原地。

「躲在軍中不就好了？來報名職業軍人吧！」旁邊另一位學長插話。

「喂，這小子不是防衛*嗎？臭防衛兵不能躲軍中啦！就是因為捨不得讓他們白吃白住，所以才要自帶便當打卡上下班不是嗎？」

---

* 譯註：防衛兵是韓國在一九六九年至一九九四年所實行的補充兵種，類似台灣的替代役，以體檢、學歷、年齡作為申請服役的標準，役期最長為十八個月。

我這下才知道原來防衛兵是不能當職業軍人的。

反觀二十一歲的自己——從沒交過女朋友，體檢不合格而當不了常備役，系上成績慘不忍睹，沒有專長又沒有夢想，真是超悲慘的。

當下我下定決心要培養一個比別人厲害的專長，向自己證明我沒那麼爛。

突然間，我想到只要英文好，就算本科系念得差也還是找得到工作啊！我那個年代確實如此，但問題來了，我難得有決心，卻偏偏是在新兵入伍的時候，軍隊裡不但沒有補習班，更連一本英文書的影子也見不著。當時還沒有網路，我不知道該用什麼學英文。我絞盡腦汁地想：到底該怎麼在軍中練英文呢？後來我去了一趟教會。

「我想了解基督教信仰，請問能不能給我一本聖經呢？」

「噢！怎麼會有這麼討人喜歡的新兵？」軍宗兵*滿心歡喜地給了我一本文庫本大小的聖經。

「既然要學，我希望好好理解聖經的經文，您方便借我英文版的聖經嗎？」我再次拜託。

後來我拿到一本英韓對照的聖經，每當工作結束的休息時

---

* 譯註：韓國兵種之一，負責照顧軍人的宗教信仰生活並強化軍人精神。

間，大家三三兩兩聚在一起抽菸時，我就會坐在角落背英文版的聖經。如果菜鳥防衛兵讀的是托福參考書，一定會遭到學長大罵「你這臭小子以為當兵是來玩的嗎？」說不定還被打個半死，而我卻好端端的都沒事。雖然我不是基督教信徒，但在上帝的「庇護」下，當時沒人敢動我，讓我可以持續學英文。人家說軍中的學長比上帝大，但看來學長也是會怕上帝的。我發現只要有迫切感，不管何時何地都能學英文。

結束了十八個月的防衛兵生活，我回到學校讀大三。當兵期間我全靠自己背書，不知道這樣學來的英文能否實際派上用場，於是我報名了全國大學生英語辯論比賽，用英文發表自己寫的演講稿並參與辯論，結果我拿到了第二名，第一名是外交官子女，國高中都是在國外念書。

我心想：所以這表示我的英文在國內學生當中是第一名嗎？

我頓時充滿了信心。

改變人生的轉捩點在什麼時候呢？就在你迫切想要改變人生的那個當下。迫切感會帶來持續的實踐，不斷實踐將能改變你的人生，因此我認為學好英文的祕訣，就在於你是否有著急於改變人生的迫切感。

不到第一級階梯之前絕不放棄

千萬別放棄！語言學習本來就是如此，只要再撐一下，一定會在某一刻突然升上一階。

　　我念外國語大學口譯研究所的時候，接過一些口譯案，只要美國講師在Q&A時間突然說笑話，我就會非常緊張。這個問題困擾我很久，我決定向教授求助。

　　「我的英文都是靠自學，美式笑話是我的弱項，我該如何加強呢？」

　　教授推薦我去看《六人行》（Friends）或《歡樂單身派對》（Seinfeld）之類的美國青春喜劇，有助於了解美式生活用語和美式幽默。我認真地看了許多情境喜劇，結果就一發不可收拾，甚至後來走上了PD之路，夢想能做出爆笑青春喜

劇。

誰知這根本是條荊棘之路！我還是製作人助理時，只要被我經手過的節目收視率都慘兮兮。有一次我拿著新節目的工作單給特殊影像製作室，請他們設計節目logo，經理就挖苦我說：「嘿，這次的logo可以用多久啊？節目長壽一點，我們才會更用心啊！每次節目一出就收掉，我們怎麼可能每次都幫你下工夫？」

另一位前輩還抓著我，一臉同情地說：「敏植，你想要當情境喜劇的專業PD，但我覺得你不適合，要不要考慮往綜藝節目方向走？」

因為太常換新的節目名稱，每次去申請節目logo設計都很不好意思，因此這次只在原本收掉的節目名稱前加上「新」字，也就是後來的《New Non-Stop》*。我們找來當時的新人趙寅成、張娜拉、梁東根、朴慶琳等人，這齣劇後來獲得巨大的迴響。

其實我不是不適合情境喜劇，而是還沒有掌握它的訣竅而已。經歷這麼多事，我發現不是你努力多少，成就就有多高，有時候你已經非常努力，卻遲遲沒有進步。失敗的經驗會累積

---

* 譯註：《Non-Stop》台譯《男生女生向前走》，是一部以大學生生活為背景的青春喜劇片。於二〇〇〇年開播，歷經五年。

為成功的祕訣，看似維持現狀，但當你遇到第一級階梯時，相信你立刻就能一躍而上。

很多人覺得自己已經很努力學英文了，但是一遇到美國人依舊開不了口，一句話都聽不懂。學了又學，英文能力都不見起色，久而久之不免怪自己的方法不對，學習欲望也跟著降低，因此很多人學英文半途而廢。

如果 X 軸是時間，Y 軸是英文能力，兩者之間的關係其實是階梯狀攀升的，而不是成正比，所以有時候不管再怎麼認真念英文，還是覺得沒有任何進步、感受不到立即性的質變。這就好比燒熱水，加熱時只會有水氣蒸發，但這時候還是液態水，當溫度達到一百度的時候，水才會突然沸騰成為水蒸氣。這就是量的累積造就質的變化，我們日常生活所知的質量轉換法則一樣適用於英文學習。

英文高手認為遇到語言學習的第一級階梯時，會有一種遇見桃花源的喜悅，讓他們更有興趣繼續學下去。所以當你努力學語言卻不見進步，千萬別放棄！語言學習本來就是如此，只要再撐一下，一定會在某一刻突然升上一階，這就是為什麼我要把目標的重點放在背完「一本」書上，即使暫時不見成效，也要撐下去直到把整本背完為止。

教材剛開始通常很簡單，進度可以很快，但是到了後半部

越來越記不起來，句子變難了，累積的句型變化越來越多又複雜，得花更多時間複習。這還不是最痛苦的，最痛苦的莫過於學了幾個月還是感受不到進步，這個時候千萬不能放棄，一定要努力堅持到最後，至少要撐到第一級階梯出現為止，也就是剛剛所說的質量轉換的第一個臨界點。只要跨過這個檻，不僅能讓英文學習更有趣，還能培養學到面對人生挫折時不屈不撓的精神。

想要把一本書背熟，關鍵是每天背一課、複習前一天所背的內容。複習的重點是把書蓋起來也能想起英文句子，因為看著書複習會讓你誤以為自己都記得，但其實不然。

當然，我們不可能一次記住整本書的內容，所以我每次背完一課就會把會話主題儲存在手機筆記中，例如天氣、學校、問路等等。下班回家後，我會靠在沙發上閉上眼睛，把今天學的那一課背出聲音來。今天的份背完之後，再從第一課從頭複習一遍，如果記不起來是哪一課，可參考手機筆記裡的主題喚起記憶。

像這樣每天反覆練習，有一天一定可以閉上眼睛把整本書全背出來。

任何努力都不會白費

我從未後悔，因為我相信任何努力都不會白費。

雖然我是口譯員出身的PD，但其實在電視劇拍攝現場幾乎沒有用武之地。有時候前輩們會取笑我：「你會不會後悔學英文？」

我從未後悔，因為我相信任何努力都不會白費。

我待業時狂看美國情境喜劇，突然有了製作韓國青春喜劇的想法，因而陰錯陽差地當上了綜藝PD。我進公司後曾應徵《三男三女》*的助理，但很可惜沒有錄取。當時我是個三十

---

* 譯註：MBC電台在一九九六年推出的青春喜劇，也是韓國第一部情境喜劇。

歲的老菜鳥，而該劇的PD跟我同年，這在組織人事上有點彆扭，所以後來我做不成情境喜劇，轉戰到演藝花邊和音樂節目去了。

某天，重量級節目製作人慎鍾寅經理把我叫去，他說：「聽說你是同步口譯研究所畢業的？你幫我翻譯這個看看。」

電視裡正在播著當年（一九九八年）奧斯卡金像獎頒獎典禮，當時韓國還沒有直播該節目，經理是透過美軍電台（AFKN）收看的，因為看不懂，只好動員我這個人肉翻譯機。MBC的節目《My Little Television》不是說了嗎？綜藝助理是人體實驗對象啊！上頭說什麼當然使命必達！我面色尷尬地站在電視機旁開始同步口譯，雖然很多地方漏掉沒翻，但這場口譯對我來說不難，因為我本來就愛看電影，很多電影名稱跟演員我都知道。

「你很厲害嘛！你應該去當口譯，幹麼來MBC？」經理說。

「雖然我目前在演藝情報節目裡當狗仔，但是我的夢想是有一天製作出像《六人行》的青春喜劇。」

《六人行》是美國NBC電台播出的超人氣電視劇，連出十季，可見它有多紅。

隔一年，經理升官為綜藝局長，某天他又把我叫去。

「電台要推出新的青春喜劇，你想去當助理嗎？」

那是我第一次接情境喜劇，負責《Non-Stop》這部戲，從此之後我終於開啟了浪漫喜劇專業導演的生涯。

Tadaaki Kobayashi 的《持之以恆的技術》有一段就能表達我的想法。

> 每天認真讀英文，並不能保證日後就能做英文相關的工作，就像運動員夢想參加奧運而忍受著魔鬼訓練，一樣也不能保證就能去奧運比賽。
>
> 不可否認地，這個世界就是這樣。（中略）如果放棄英文，從事英文相關工作的機會就是零，如果放棄訓練，也就永遠不可能成為奧運代表選手。
>
> ──《持之以恆的技術》（Tadaaki Kobayashi著，台灣東販出版）

賈伯斯（Steve Jobs）也說過，人生是「點點滴滴串連接起來的」，只要相信所做的努力都不會白費，遇到挫折的時候你就能堅持下去。

當成最後機會放手一搏

> 這個時代學東西已經沒有年齡限制了，學習哪還有所謂的最後一次呢？

一九九六年進入MBC綜藝局之後，我總是到處跟人家說：「我想做一齣韓國版的青春喜劇！」沒想到有一天公司突然說：「這樣啊？那就放手一搏吧！」因此我在二〇〇〇年秋天有機會負責《Non-Stop》系列，沒日沒夜一路地工作，等《New Non-Stop》結束後正打算稍作休息時，公司又要我製作由新人演員演出的《Non-Stop 3》，還真的是non stop呢！兩年如此馬不停蹄地工作，不知不覺累積超過了五百集。

自此我有了信心，便著手企劃新的情境喜劇──《我從朝鮮來》，那是一齣穿越版的「王子與乞丐」，訴說古代一個游

手好閒的貴族子弟與他勤奮工作的隨從穿越到了現代，兩人互換身分的故事。大家認為目前做科幻劇時機過早，但他們還是攔不住已經鬥志激昂的我，果不其然這齣穿越劇的壽命就像它穿越時空的速度一樣，很快就結束了。導演不該犯的「收視率低迷、製作費超預算、廣告賣不掉」三大忌都被我一次碰上，才播出四集，內部就決定在第七集提早完結。

提早完結對我來說丟臉至極，我一直躲在家裡不想出門。某天，MBC綜藝局的前輩宋昌毅局長把我約去弘大喝一杯，見面後我只是洩氣地低著頭默默喝酒。

「那部戲失敗了，覺得很丟人？」他說。

「是。」我好不容易擠出了一個字。

「我啊，認為你這次的失敗反而是件好事。」

「咦？」我不知不覺提高了音量。

前輩拿起酒瓶幫我倒酒，接著問：「敏植，你今天幾歲了？」

「三十五。」

「太好了！時間剛剛好，這歲數正適合弄毀一部戲！」

頓時我忍不住翻了一下白眼，這話也說得太過分了。

「你認為人生中幾歲最美好？」

「不是二十歲嗎？」

「並不是。二十歲還不知道自己要什麼，三十歲有太多事想做，但不知道方法。男人要到四十歲才有能力做自己想做的事，你離人生巔峰還早得很呢！」

我低頭呆望著自己的坐墊。

「假如這部戲又給你做成功了，你大概會自以為是超級PD吧？PD一旦驕傲起來，就會和觀眾脫節。還有，如果你一路順遂卻在四、五十歲失敗了，那時候更難振作。失敗也是要看時機的，必須在還爬得起來的時候摔一次跤，所以我才說三十幾歲是經歷失敗的好時機，也剛好是邁向人生高峰的準備期。」

當時我並不太認同前輩的話，如今快五十歲的我回想起來，沒有什麼忠告比那句話更受用的了。現在這個年代人人都可能活到百歲，而且學習與玩樂也漸漸沒有年齡限制，隨時都可以開啟一項新的挑戰。

我偶爾會在部落格裡的「免費戀愛講堂」分享戀愛諮商內容，其中有一段是這樣寫的：

「我才二十幾歲，父母就一直催著我找結婚對象。我還要找工作，經濟方面也還沒準備好，也不想急著認識對象，我該怎麼說服我的父母？」

父母在當時那個年代平均壽命才六十幾歲，表示在子女三十幾歲的時候就走了，所以子女得在二十幾歲的時候成家立業，做父母的才無後顧之憂。然而現在很多人都能活到九十、一百歲，沒有必要這麼急。

　　我朋友是獨生子，父母擔心離開人世後留兒子寂寞一個人，朋友說：

　　「現在這個年代，父母九十歲去世，子女都六十好幾了。六十幾歲的人還怕寂寞，那是自己人生失敗吧？怎麼可能會責怪父母沒生個兄弟姐妹呢？」

　　以前的年代透過媒妁之言結婚的男女就算不和，丈夫忙著工作，妻子忙著帶小孩，日子也會勉勉強強過下去。等到丈夫五十五歲左右退休後，孩子也獨立了，這下夫妻才真正有了相處的時間，但這段時間也不長，畢竟平均壽命短嘛！所以夫妻吵架也吵不了幾年，然而現在這個年代大家都活到九十幾歲，退休、孩子獨立了，夫妻還要共同生活三十年，這種不幸的日子對於彼此不和的兩個人來說簡直是度日如年。

　　工作也是同樣的道理，父母那個年代從不考慮工作適性問題，只要能養家活口，再怎麼辛苦都甘願，但是現在已經不是退休後就能享樂的年代了，壽命一百歲的時代必須找個能長久持續的工作才會幸福，因此即使需要時間尋覓，還是要優先找

一個適合自己的工作、適合自己的對象，因此就算超過三十歲還未婚、沒找到工作，也沒什麼好擔心的。

一百歲的時代，人生還是過得從容一點比較好。

現代人的人生已經是工作、學習、玩樂的循環，我們不該以二十年為階段切割人生，規定「十、二十幾歲讀書，三、四十幾歲工作，五、六十歲享樂」，既然可以活到一百歲，當然七、八十歲還得工作，五、六十歲也還要繼續學習新的東西才行。

這個時代學東西已經沒有年齡限制了，學習哪還有所謂的最後一次呢？然而你還是可以抱持著此生最後機會的心態去挑戰。讓我們對自己說「這是人生最後一次學英文的機會」，好好下定決心吧！

重拾英文其實好處多多，首先，你不必花太多錢，英文背誦學習法的成就感遠遠高於你所付出的金錢。小時候勉強自己讀不喜歡的書，得砸很多錢去補習、請家教，但是長大後自學不用花什麼錢，買一本書來背能花多少銀兩？只要有毅力，誰都可以辦得到。

第二、英文對求職或轉換工作都很有幫助，隨著未來人工智慧的發展，工作流動率更大，在這樣的環境下接收新知的彈性工作能力相當重要，雖然英文跟你的工作未必直接相關，但

求職時一定會有幫助。此外，從雇主找人的立場來看，員工最重要的特質之一就是勤奮努力，如果你的英文是靠自學，就表示你的內在動機強烈且是個努力上進的人。

第三、英文可以當作終身興趣。怎麼說呢？學語言最好的方式就是透過文化，例如旅行、看電影、結交外國朋友等等……想要豐富休閒生活，沒有比學英文更好的方式了，它能讓你的生活更加多彩多姿，並且從中獲得更大的快樂。

《超高效率學習法》第一章就寫到：

> 你會拾起這本書，不就代表你對現在的自己不夠滿意嗎？這代表你已經有了上進心，我認為上進心是學不來的，所以當你想要變得更好，即表示你得到了超越任何才華的優秀資質。——《超高效率學習法》（山口眞由著，台灣東販出版）

當你拾起這本書、想要把英文學好，就表示你已經具備了比任何才華都還屬害的資質，因為上進心是絕對學不來的。我希望這本書能幫助你在一百歲的人生中快樂學習。

多跌倒幾次就不會害怕

學英文跟學滑雪一樣，都要從許多次的失誤中學習，遇到高手不要氣餒，必須保持好自己的步調。

幾年前我教大女兒敏智滑雪，她平時就有「運動女王」之稱，所以第一次到滑雪場也滑得很順，沒有跌倒。看她挺厲害的，於是第二天我就帶她到中高級難度的雪道，她依舊表現得從容自在，但是遇到坡度陡峭的斜坡時姿勢就亂了，臀部往後坐，看起來是怕了，所以我們又回到了初級雪道，並且重新教她跌倒的方法。

「敏智，滑雪不是要學怎麼不跌倒，而是學怎麼跌得漂亮。」

想要滑得好，必須把turns（轉彎）做好，想要把turns做

好，up & down（膝蓋伸直和彎曲）姿勢就得正確，up是起身讓滑雪板承接體重且身體傾向谷方的動作，高級雪道的坡度陡，很多人因為不敢把身體傾向谷方而往後蹲，但這樣體重就會離開滑雪板，無法形成edge（滑雪板與雪面的角度），因此害怕而後蹲反而更危險。越是險坡，越要把身體往谷方傾斜才能煞住，的確需要逆向思考吧？

在初級雪道只要把腳彎成內八字形就可以順順地滑下山，沒有轉彎也就不會跌倒，因此很多人以為沒跌倒就表示自己很厲害，這是最危險的想法，因為到了高級雪道一路沒跌倒而持續往下衝的時候，可能就會控制不住速度而釀成大禍。滑雪失控時，最安全的方法就是立刻讓自己跌倒，但因為在初級雪道沒跌過，很容易以為高級雪道只要不跌倒就可以千鈞一髮滑回終點，因此往往會發生危險。

學滑雪時，一定要在初級雪道上練習轉彎和跌倒，因為雪地很鬆軟，跌倒了也不怎麼會受傷，當你讓身體知道跌倒也無所謂的時候，自然就不會那麼害怕並能夠保持正確的姿勢，轉彎時也比較容易傾向谷方，如此一來不但能製造egde，轉彎也順多了。

另外，新手一聽到背後其他人發出轟轟的滑雪聲往往會突然緊張起來，頓時一個變換方向而與人相撞或跌倒。滑雪時不

要管後面有誰來了，只要冷靜地轉自己的彎，心想「會滑的人自己懂得避開」就可以了。高手其實能靠前方滑雪者的轉彎軌跡預測路線而避開，萬一前面的人突然改變方向，十之八九會相撞，因此就算後方傳來如暴風雪來襲的轟隆聲、如瘋子般急速衝向你，也要保持冷靜並維持好自己的彎向。

學英文跟學滑雪一樣，都要從許多次的失誤中學習，遇到高手不要氣餒，必須保持好自己的步調。我們學英文都是從文法開始學，學校或補習班也都在考文法抓錯，要我們找出動詞時態、介系詞、拼寫、發音哪裡錯，所以一開口說英文，腦袋總是警鈴大響亮紅燈，告訴你「這個錯了！」「那個也錯了！」但是氣餒並不會讓你的英文進步，剛開始學外文就要像學滑雪，不要妄想不會出錯，而是要在錯誤中學習。

我玩單板十年，四十歲的時候才開始滑雙板。起初我不太想用雙板，因為單板我可以從最高級雪道飆速俯衝而下，但是雙板我就必須回到初級雪道，忍受著排隊搭纜車之苦，而且還得丟臉地蹲著從頭學起，但是我依舊不顧顏面地學下去，所以現在只要到了冬天，我就會買季票盡情享受單板與雙板的樂趣。

我們不能因為用了幾十年的韓文沒問題，就否定學外語的必要性，畢竟我們不可能一生都待在韓國不出國吧？學生時期

覺得學英文壓力大，是因為考試作祟，現在讓我們把學英文當作享樂，錯了也不要給自己壓力，先衝了再說。

沒有人一生沒跌過倒的，我們不該學怎麼不跌倒，而是學跌倒了怎麼站起來。學英文也是同樣的道理，我們不是要學怎麼不說錯，而是如何用錯的句子去闖蕩。丟臉不會死，真正丟臉的是為了面子而不願嘗試。

不要因為覺得為時已晚就放棄學英文，趁現在立刻嘗試，反正失敗又不會死。

成人學英文，先試了再說

> 我可以隨時在自己喜歡的空間學新東西，累了也隨時都可以停下來。

二〇一五年秋天，我去阿根廷當一個月的背包客，阿根廷果然幅員廣大，從首都布宜諾斯艾利斯搭巴士到伊瓜蘇瀑布就要二十個鐘頭，不過比起伊瓜蘇瀑布到南部的烏斯懷亞要四天三夜的車程，這已經算是近了。

在車上過了一夜，抵達目的地的時候已經是早上九點，一到車站天空就降下傾盆大雨，不知道什麼時候會放晴。熱帶雨林地區時不時就下雨，看來氣象預報也沒什麼參考價值。下雨加上在巴士上睡得不好，有點想直接回住處放行李休息一天。

頓時腦中出現了兩個念頭在爭辯，糾結著要回去休息還是

不論風雨出門去。萬一雨下一整天怎麼辦?那就穿雨衣啊!萬一感冒怎麼辦?感冒再回去休息就好了!經過一番爭論後,我還是決定出門。

抵達瀑布撐著傘走了幾步,天空就放晴了。要是我被放棄的念頭給誘惑,現在可能在房間裡看著晴朗的天空氣得跺腳吧?果然人生沒走到最後誰也不知道會如何。

最近我把日文和中文會話當作樂趣在背,身邊的人常問我是不是工作需要用到外文,其實對於電視劇PD來說用處不大,他們很疑惑我為什麼要自討苦吃,這時候我通常會說:

第一、如果是在自己能力範圍內就不會苦。

我一有空就背個十句外語,在阿根廷旅行的時候我背過基礎西班牙語會話,可能是年紀大了不像以前記憶力那麼好,有時候一句都記不起來,然而我並不是為了精通西語而背,我只是希望在當下做我能做的事而已,會說「謝謝、您好」就心滿意足。

我旅行時也一樣不奢求事事完美,畢竟我們不可能天天遇到好天氣、遇到好心人、看到美麗的風景,我們只能盡力把那天過到最好,碰上了好事是福氣,遭受不如意就當成是旅行、人生的一部分。

第二、不試怎麼知道苦不苦。

不出門，怎麼知道淋著雨看伊瓜蘇瀑布苦不苦？搞不好會被你看到瀑布雨後彩虹的壯觀景色，就我的經驗，不論旅行也好、人生也好，付出多少努力才有多少收穫。

不去試，怎麼知道背英文會話苦不苦？試了發現累得要命，到時候再放棄就好了，反正有這麼多口譯員跟自動翻譯軟體，像是伊瓜蘇瀑布附近某家旅館的員工就完全不會英文，他都靠Google翻譯來工作，還有一個美國旅人用手機上的外語字典軟體查西語單字來購物。生活變得如此便利，即使不會英文也幾乎暢行無阻，但是我認為就算放棄也得在嘗試過真的不行才放棄。

第三、就算環境不如我所願，至少我可以控制自己的心境。

我常被問身為一個電視劇PD覺得什麼事情最辛苦，我認為是別人的想法與我相左的時候。電視劇PD的職責就是讓編劇、演員、拍攝導演等擁有自由意志的專家們都遵照我的想法行動，甚至拍外景時我還要負責封街、擋車、堵路人，連與拍攝無關的第三者也必須聽從指示，這樣才能拍出好結果，然而這種工作對狠不下心的我來說真的非常辛苦。

因此每當拍攝結束，我總會自己一個人去旅行、學習、寫

作，因為這三件事都能讓我隨心所欲去做。寫作比起電視劇製片真是簡單又快樂多了，我不必催促編劇，也不用說服演員、跟攝影師吵架，更不需要在路上攔行人而挨罵。每次跟別人吵架一定是我輸，但換成跟自己吵的時候，贏家絕對是我自己，因為不管是懶惰的我還是勤奮的我，吵贏的人都是我。

旅行的快樂則在於可以隨心所欲選擇自己想去哪兒、想參觀什麼、想吃的東西、想下榻的旅館。學習也是一樣，我可以隨時在自己喜歡的空間學新東西，累了也隨時都可以停下來。

別擔心出社會後學英文辛不辛苦，先試試看自己的能耐到哪裡吧！

別相信大腦，用身體去記憶

我不相信大腦，而是相信身體的習慣動作，我認為想把某件事做好，只有每天持續，別無他法。

小時候看武俠小說，我總會天馬行空地想像自己放棄普通人的生活遁入山林，幾年後突然變成了身懷絕世武功的武林高手，為浴血縱橫的中原帶來愛、正義與和平。

小說主角會踏上武林高手之路，都是被逼出來的。他們不是父母遭惡人所殺，就是師父被殺、妻小被搶。他們原本堅持不問江湖事，過著樸實平靜的生活，直到遭遇殘酷的試煉才覺悟到武功的重要性，於是決心要改變自己、拯救世界。

當兵時期的我，就像武俠小說的主角一樣被逼著改變。那時我年過二十該獨立自主，相當於武俠小說主角失去了父母一

樣；考不上第一志願，就像是沒了師父；從未交過女朋友，哪有機會成家？這些事實逼得我必須開始自己的武功訓練。

當時我反覆聽好幾十遍的英文會話錄音帶，遇到句子就把它背下來，就在我離群索居獨自接受武功特訓的十八個月後，某天我發現自己馬上能聽懂金髮碧眼戰士的對話，看他們寫的武林祕笈就像是進入了世外桃源，我只要一開口就能傾瀉出英文句子把敵人打得魂飛魄散。也就是說，我成了具備英文聽說讀三絕的高手。

高手鍛鍊的不是腦，而是身體。看香港電影《醉拳》就知道，主角成龍的師父蘇乞兒即使喝醉了，也能自動避開飛來的每一拳，因為身體的鍛鍊才是真功夫啊！

學英文如果只用眼睛看是不會進步的，重點是常常用嘴巴念出聲音，而不是靠腦袋理解。在武俠電影中，成為武林高手最理想的訓練方式就是反覆做一件事，例如上下樓梯、提水、砍柴等等枯燥的苦差事，師父絕對不會教你華麗的招式或厲害的技巧，只會讓你持續磨練自己的底子。學英文就像是修練武功，關鍵在於有沒有持續磨練基本功。

剛開始學語言重點應求精。很多人想利用每天看CNN來提升英文實力，認為持續聽至少能學到一兩樣東西，還有人是一起床悠閒地聽英文廣播，這種學習方式的確令人開心，可以看

電影裡的有趣對話、聽主持人講笑話……你心想，一年下來英文一定會進步！但如果你是初學者，這種學習方式只會浪費你的時間，幾乎不見效果。

既然都下定決心學好英文了，那就好好背初級會話吧！透過背誦而熟悉了英文的構成方式之後，再透過多元管道接觸英文是最有效的。

外大口譯研究所很少像我這樣沒出國靠自學的人，而且我還拿了獎學金（成績前百分之十的學生才能領取）。我的學妹也就是現在的妻子以為我是個天才，但自從她看到我四十歲自學日文的方式之後幻想就破滅了。她看著我讀書的樣子說：「你不是聰明，你只是靠一股傻勁，如果讀成這樣還學不好語言才奇怪呢！」

我不相信大腦，而是相信身體的習慣動作，我認為想把某件事做好，只有每天持續，別無他法。

有夢，別光是想，先做再說——這是我透過學英文而內化於體內的絕世武功。

英文帶給我的三種快樂

> 人生最大的變化通常發生在你對人生的態度有所轉變的時候。我的人生變得不一樣了，學英文對我來說就是人生的轉捩點。

　　二○一五年秋天，我與父親兩人到紐約自助旅行三週。七十五歲的父親和他四十七歲的兒子一起住在美國當地的寄宿家庭，那是一次開心的旅程。父親特別高興，他認為是英文讓兒子不僅當了口譯員，還成了電視劇PD。忘了說，我父親是中學英文老師。我現在能如此享受人生，的確都得歸功於英文。

　　我知道大學生為了以後找工作已經忙得不可開交，但我還是想建議二十出頭的年輕人一定要好好享受旅行、閱讀、戀愛這三件事。回想起來，我能夠享受這三件樂事全都是靠英文。

第一、旅行。

我大四時第一次到歐洲當背包客，當時我是靠著全國大學生英語辯論比賽的獎金以及家教賺的錢籌措旅費。會英文讓旅行變得更好玩，無論是在倫敦找便宜住處抑或美味的餐廳都變得超級簡單，我還可以和在青年旅館遇到的外國旅人暢談無阻。回國的路上我下定決心——以後每年都要出國旅行。

一九九二年決心到現在，我沒有一年不去旅行的。我會這麼愛出國玩，最主要的原因就是我沒有語言障礙，只要會英文到哪裡都方便。最近只要一有空，我就會靠著自學英文的方式來學中文和日文，就算要去英文幾乎不通的南美洲自助遊我也不擔心，因為區區一個西班牙文，去學不就好了嗎？

第二、閱讀。

大學時我迷上了美國作家史蒂芬・金，課堂上我總是坐在教室後方，把小說墊在教科書下偷看，當時史蒂芬・金在韓國還沒那麼知名，所以被翻成韓文的書不多，我只好從原文讀起。我也喜歡科幻小說家以撒・艾西莫夫（Isaac Asimov）的作品，但他的許多短篇小說同樣尚未引進國內，畢竟他號稱一生著作五百本書，當然不可能都譯成韓文。當時我只是想出一己之力幫忙介紹好書，於是就在Nownuri線上討論區（類似台

灣的PTT討論區）陸續發表了幾篇譯作。原本只是出於興趣，沒想到後來還真的出版成書，於是翻譯為我的學生時期帶來了可觀的副業收入。因為興趣而翻譯，翻譯又為我賺了錢，賺的錢又拿去買書。因為英文好，所以能讀原文書，原文書看多了，英文程度又會再進步，我認為沒有哪件事能比得上閱讀和英文所帶來的幸福正向循環了。

第三、戀愛。

　　你是不是很訝異，旅行與閱讀跟英文有關，但戀愛和英文扯得上邊嗎？戀愛其實是一場心理戰，面對戀愛如果缺乏自信通常很難有好結果。我大一、大二每次聯誼都被拒絕，當時我很在意自己不夠出色的外表，一個勁兒地拿自己開玩笑，而這種取悅人的方式在戀愛上一點幫助都沒有。

　　經歷連續二十次被拒絕，我便心灰意冷地去當兵了。我趁著當兵的時間努力背誦英文會話，學習到某個程度之後突然有了自信心，我相信只要有決心什麼事都難不倒我。談戀愛一定要有自信，如果你自己都無法喜歡自己，別人怎麼會喜歡你呢？為自己感到驕傲、喜歡自己，才是戀愛的第一步。

　　我很遺憾自己沒談過戀愛就入伍，所以我決定復學之後一定要談一場轟轟烈烈的戀愛，於是每個週末我都窩在圖書館啃

書，就這樣一年讀了兩百本書，還獲得了蔚山南部市立圖書館的好讀獎。大量閱讀使我遇到任何話題都能充滿自信，當我問「妳的興趣是什麼？」不管對方是什麼科系、有什麼興趣、未來的志向如何，我只要靠閱讀的知識海就能侃侃而談。

有了英文這項專長，我對人生也有了自信，遇到再怎麼漂亮的女生都不再畏縮。從前我的想法是「我這麼爛，怎麼有臉跟她交往？」現在則是「我這麼棒，今天要不要特別給她機會呢？」二十五歲之後我嘗過了轟轟烈烈的愛情，這份回憶也成了日後策劃浪漫喜劇的靈感來源，這一切都要感謝英文。

大學快畢業時，我向八間公司投了履歷，但七間都在書面階段時被刷掉，我連面試的機會都沒有，成了無業遊民。好在後來我通過了最後一家公司——韓國3M的書面審核，考完筆試直接去面試。履歷表上有興趣、專長兩個欄位，我在興趣那欄寫「英文會話」，專長寫「閱讀」。面試官問：「金敏植先生，你寫錯了吧？你知道你把興趣跟專長寫反了嗎？閱讀應該是興趣，英文會話是專長吧？」看來面試官上鉤了。

我回答：「我一年可以看兩百本書，對我來說閱讀是專長。而因為我喜歡英文，我把學英文當成興趣，所以英文不是專長而是嗜好。」

我能順利找到工作，也是託英文的福。

學英文是最適合拓展生活方式的方法了，近年來有很多人到海外求職或準備陪孩子到國外接受學齡前教育，這時候英文將會是成功的關鍵。要是遇到問題才趕緊開始學，你會學得很心急，心急就難以享受學習的樂趣，沒有樂趣的支持，進步空間就變得有限了。

　　我當背包客的時候遇見了許多到海外打工度假賺錢的年輕人，聽說雖然一樣是打工度假，但英文程度會影響找到的工作性質，進而影響生活品質，甚至是往後的人生。

　　人生的轉捩點通常在什麼時候呢？獲得新知時？學習新技能時？我認為人生最大的變化通常發生在你對人生的態度有所轉變的時候。自學英文之後，我的人生變得不一樣了，學英文對我來說就是人生的轉捩點。現在人人都能活過一百歲，誰都不知道後半輩子會是什麼樣子，所以快趁現在一點一滴累積英文實力吧！

自我沉浸式留學營
的二十四小時

　　八〇年代後期我正在讀大學，當時我的夢想就是出國留學，因為韓國總統由軍人掌權，我又讀了一所跟興趣不符的工科學系，加上老爸不斷強迫成績不好的我考醫科，這一切都令我厭惡，為了從中解脫，最好的方法就是留學了。

　　不過留學哪這麼簡單？如果要在國外念研究所，我的大學成績不夠；轉換科系則又要回頭讀大一，家裡也負擔不起這筆錢。考量到家中經濟狀況，看來也只好放棄留學，只是一想到留學才能讓英文進步，我還是很難說放棄就放棄。

　　後來我想一想，在韓國我不是一樣可以學英文嗎？如果假裝這裡是美國，不就是出國留學了嗎？

學期中大家忙著上課、交報告，很難掌握自己的時間，但如果是寒暑假我就可以完全利用每天的二十四小時，或許我能天天假裝自己在美國短期留學？

　　於是，自我沉浸式留學營正式開始！

　　首先，我早上一起床就打開AFKN電台看新聞。我的黑白二手電視是在清溪川舊貨攤用三萬韓元買的（約台幣八百元），當時宿舍裡只有我有電視，只要遇到運動賽事直播，大家都會擠來我房間看，所以我索性把頻道轉到AFKN，再用鉗子把遙控器的按鈕給拔了，這樣就沒辦法轉台。室友都罵我狠心，但我心想：被罵也無所謂，我是來美國學英文的留學生，他們是英文很爛的外國留學生，我沒必要理他們。

　　即使放假我也會去學校圖書館讀書，我把當天要背的會話寫在一張手掌大的紙條上，在路上自言自語地背誦，大概念個十幾次就能完全記起來。一整天只要有空檔，我就會自個兒背出聲音，大家把我當瘋子看，但我無所謂，因為我是來美國留學的窮學生，為了讓機票值回票價，一定得狠下心學習。

　　在圖書館「猛K」英文教材疲乏了，差不多也該休息了，這時候就需要跟美女聊天啦！我們約會的場所在圖書館後面一個幽靜的地方，我拿出令人懷念的愛華（AIWA）日製錄音帶播放

器，戴上耳機，按下播放，耳邊便傳來早上我一邊走一邊背的會話內容。聽著美國女錄音員說話，彷彿我倆正在甜言蜜語。我把書闔上，專心聽她的發音，然後互相交談。有時候換我扮演女方，我還會故意提高音調呢！路過的情侶以為我是瘋子，但沒關係，畢竟我是來美國留學的窮學生，為了賺回昂貴的生活費，當然要發狠學習。

吃完午餐變得精神渙散，是該休息了。這時我拿出史蒂芬·金的小說，那是我用兩千韓元（約台幣五十三元）在龍山美軍基地附近的舊書攤買的平裝本，最適合拿來練習英文閱讀與理解了。史蒂芬·金的文字讓人不由得頭皮發麻，睡意全消。別人忙著準備考試，桌上擺著厚厚幾本法律概論，而我的桌上只有薄薄一本英文平裝書，就這樣消磨了半天。不管別人怎麼說我都無所謂，畢竟我是來美國讀書的留學生，在美國念英文小說有什麼好奇怪？

到了下午三點的閱讀理解和寫作時間，我拿出在資料室影印好的《TIME》雜誌社論並開始翻譯，完成之後稍微休息，到操場跑一圈。我一邊跑一邊想像自己是新聞主播，字正腔圓且大聲地把剛剛的社論內容念出來，就算會引人注目也無所謂了，畢竟我是留學生嘛！生在一個窮困國家當然要更拚命才行。

跑完步回到位子上，我對照自己剛剛翻譯好的韓文進行英文寫作。明明才翻譯過那些句子還大聲念了好幾遍，卻怎麼也記不起來，但我還是硬著頭皮寫下去。寫完之後我把作文拿來跟原文對照，發現不是少了定冠詞，就是老記不住某個單字，因此我把這些單字另外寫在單字本上，打算花個幾天集中火力對付它們。

　　好不容易結束辛苦的學習後，差不多得回去宿舍吃晚餐休息了。我一邊吃晚餐，一邊讀著白天讀過的小說內容。這時候如果跟朋友聊天，我的英文專注模式就會被打斷，所以一整天我除了英文，其他一概不碰。

　　吃完飯我回到房間打開電視，晚上七點AFNK正在播情境喜劇，我發現《六人行》還滿有趣的，為什麼韓國沒有那種節目呢？要是韓國能做出年輕人的戀愛故事，鐵定會一炮而紅。

　　錢德勒的一句話讓全場笑翻，可是我卻聽不懂，這豈不是很丟臉嗎？原來我的聽力還不夠。

　　第二天去圖書館的路上我聽著昨晚錄好的《六人行》，因為我想知道錢德勒到底說了什麼讓觀眾捧腹大笑。因為是直接對著電視錄音，音質不佳，但我依舊不放棄，反覆重聽到聽懂為止。仔細聽了幾遍才發現原來是我認識的單字，我忍不住拍了一下額頭，心想：唉唷！原來這個字美國人是這樣發音的呀！我像是挖到寶一樣洋洋得意了起來，還高興地握拳在街上大喊：「耶！」別

人用異樣的眼光看我也無所謂了，因為我是來美國讀書的留學生。

圖書館前張貼了一張高中同學會的宣傳海報，這時我碰巧遇到同學，他說：「嘿！我們想約放假沒回老家的同學們一起喝酒，你來嗎？」

我笑著搖搖頭，心裡回答：

"I am sorry, but I am busy."

還聚會呢！我是來美國留學的，不能老跟韓國留學生混在一起。大老遠跑來美國卻跟韓國人在一塊兒，那乾脆待在韓國好了，何必付學費來這裡？努力是做給自己看的！我雖然改變不了自己的家庭、學校、國家、環境，但至少可以試著讓人生順從自己的意念去走。我的決心更加堅定，從此只專注於自己的生活和想望。

放假的兩個月期間我像瘋子般埋首於英文，英文程度也瘋狂提升了。啊！真是心滿意足。

最後我來算一算自己到底省下了多少錢：包括飛美國的機票、美國大學學費、美國生活費，全都不花一毛。

「哇！放假期間我賺了好多錢！」

真的好開心，自我沉浸式英文留學營根本就是穩賺不賠的投資嘛！各位不妨一試，路是人走出來的，只看你有沒有那個決心！

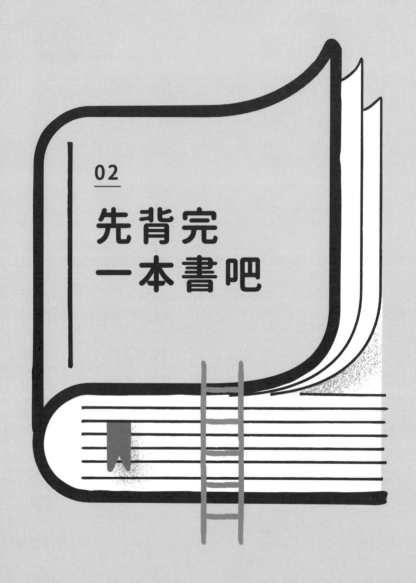

02

先背完
一本書吧

I hope that in this year to come, you make mistakes. Because if you are making mistakes, then you are making new things, trying new things, learning living, pushing yourself, changing yourself, changing your world. You're doing things you've never done before, and more importantly, you're doing something.

-Neil Gaiman

別問別追究，先背再說

每天背誦規定的量，英文自然就會進步了。不要太鑽研文法或發音，否則很容易誤以為英文很難。

還記得我小學六年級剛放暑假，當時父親在高中擔任英文老師，他拿出一本國一英文課本，二話不說就要我把整本書背起來，我那時候還不認識ABC呢！父親教英文的方式很簡單——不求文法、不求發音，只管把句子背下來。

當時國一英文課本第一課是：

I am Tom.

I am a student.

You are Jane.

You are a student, too.

想當然，我背得七零八落。背完了第一課，第二天父親又要我背第二課，如果不願意就會挨罵，背不出來還會遭棍子伺候。

　　強迫一個從來沒學過英文的小六生背國一課本，這太強人所難了吧？但是為了不挨打，我也只好硬著頭皮背下去。

　　第一天背第一課，幸好內容還算簡單。第二天要背第二課，晚上驗收還得同時背第一、二課，到了第三天則驗收第一、二、三課，以此類推。進度越後面，句子就越難也越長，但只要集中精神背誦，一天一個小時就足夠背完一課。

　　終於到了暑假最後一天，我和爸爸並肩坐在大廳地板上，看著天花板大聲地從第一課背到最後一課，足足花了一個半小時。母親緊張地在一旁守候，等我們背完之後立刻端出一盤西瓜慶祝，那也是我人生第一次的洗冊禮*。

　　國中開學後，曾經瘋狂背誦的我就算不讀英文也能在第一次考試拿滿分。課堂上我總是大聲朗誦課文，在當時蔚山鄉下村子裡，大家都誇我的英文發音難得標準。那當然嘍！畢竟我不是看著書結結巴巴地念，而是已經把課文都背起來了嘛！

　　我有個朋友英文棒到呱呱叫，他在美國華盛頓大學念完

---

* 譯註：從前在私塾的弟子讀完《千字文》或《童蒙先習》等入門書後，為報答師長指導之恩並鼓勵生徒學習，會設宴招待師長和同窗。現在韓國依然保有該文化，學生會在學期結束前準備西瓜或米糕感謝老師一學期的辛勞。

MBA，目前在海外工作，他學英文的過程跟我很類似。

「我母親總是在新學期開始前要孩子背英文課文，但只要背三課就好，因為她認為孩子在學期初對自己有了信心，後續就不必家長操心了。她不體罰，而是以身作則背誦給我們聽。我到現在還記得她一邊洗碗，一邊背著我們四個兄弟的英文課文。」

幾年前我帶著讀小六的大女兒敏智去寮國旅行，當時我們一起背《超簡單的中文基礎大全》（陳炫著，東洋文庫出版）裡的會話內容，父女倆輪流扮演不同的角色練習對話，小孩的記憶力比我好多了，我常常記不住，都靠女兒提醒。這樣你一言、我一語，好像在比賽背課文，即使輸給了女兒我也開心，這就是為人父母的心情吧？更棒的是，當孩子發現自己某件事做得比大人好的時候也會更有自信。

國中英文課本出現的句子很簡明又容易，很適合拿來當「語言家長*」，每天背誦規定的量，英文自然就會進步了。不要太鑽研文法或發音，否則很容易誤以為英文很難。學外語本來就是透過犯錯來學習的，小孩子學母語不也都是從錯誤的文法、不標準的發音開始的嗎？所以請放寬標準，多體諒。背句子是學英文的基礎也是正規方式。

---

* 參考P133〈六個月變成外語神人的方法〉一文。

剛開始不需要多了不起

這個方法很容易，只要持續做，有一天就能把整本書背起來，之後你的英文就會變得流利許多。

　　自從被大家知道我是口譯員背景的PD，就有許多同事上前請教我學英文的祕訣，這時候我會問：「你為什麼想學英文呢？」

　　通常他們的回答不外乎：我想去紐約盡情觀賞百老匯的音樂劇、我想到歐洲跟當地人直接用英文聊天。

　　畢竟百老匯音樂劇沒有韓文字幕，而出國旅行能直接跟外國人交流的話，要比透過導遊溝通還有趣多了。

　　於是我建議他們先把一本初級會話背起來，還把小抄的用法、依意思分段背誦的祕訣都傳授給他們，這時候一定會

有人這麼問：「只背初級會話能聽得懂音樂劇嗎？我不要學『Good morning, how are you?』我想學更深入一點的會話。」

我認為基礎打穩了才能進入更高級的會話，更何況就算只有初級程度，也已經足以溝通了。不過他們還是不滿意，繼續追問：「初級會話都背完了之後想進階該怎麼辦？」

我說：「等你把會話課本背完了我便會給你答案，六個月後再來找我吧！」

然而後來沒有半個人來找我。大家一談到學英文，都以為要用多了不起的方法才行，所以聽到一天只要背十個句子，不免懷疑它的效果。

《我只不過先試了再說》（金珉泰著，Wisdomhouse出版）這本書也在講述嘗試的力量，在我們立下偉大的目標之前應先嘗試小小的關卡，通關後的成就感會讓我們又有動力去挑戰下一關，如此一關過一關，不知不覺間就能創造出人生極大的變化。如果什麼都不做，就什麼事都不會發生，想讓平凡的人生產生漣漪，第一件事就是「試了再說」。

此外，許多人一聽到要背完整本書就立刻退縮，我建議先大聲念課文三遍，念完之後抬起頭重複一次，你會發現其實腦海裡還記得不少句子。如果想不起來，那就看著翻譯回想原文，還是不行也別失望，畢竟哪有一步登天的道理？重點在每

天持續地練習，即使只花一點點時間也好。

這個方法很容易，只要持續做，有一天就能把整本書背起來，之後你的英文就會變得流利許多，出國旅行你能盡情展現會話成果，並且從中獲得成就感與收穫，心靈豐富了，人生也變得更幸福。這一切都要從「先試了再說」開始。

但你還是想知道背完了初級會話課本之後該做什麼？

其實你不用這麼好奇未來，而是應該先把握當下，專注於你現在正在做的事，先一天背完一課、一個月背完三十個情境，最後再把整本書背起來。等你通過了第一關，接下來你就會自己去找到下一步。

我背完了《超簡單的中文基礎大全》之後，又找了相同出版社的進階版《中文初中級大全》來背。當你發現某個方法有效時當然要繼續推進，之後你還可以從英文演講稿、《TED》、影集、流行歌曲等多樣內容中挑自己有興趣的來學習，只不過在你還無法隨心所欲開口說之前，我建議盡可能繼續維持背誦學習法。

其實「幸福人生」這個了不起的目標也都是從「盡我所能先試了再說」開始的。

一天背十句就好

想要學好英文會話方法很簡單，就是把你聽得懂的那十句都說出來，這樣你一定會成為會話達人。

「該如何增強英文會話？」

很多人告訴我，明明都知道該怎麼講，但是一遇到外國人就是開不了口，CNN新聞也都聽得懂，但講起話來連美國小學生的程度都不如。如果聽得懂的東西都能說得出，那就是會話達人了，只可惜口說比聽力更難，為什麼呢？

口說當然比聽力困難，因為在語言的世界裡又分為被動的理解，以及主動的直接表達，就拿我們的母語來說好了，假設平常看新聞能聽懂十句，但說得出來的恐怕還不到三句。回想一下你平常講的話，會發現並沒有用到所有學過的語言表達方

式。

我們能主動表達的語言表現其實是有限的，若母語可以使用到已知十句中的五至七句就算是文豪名嘴了。由此看來，就連接觸了一輩子的母語都存在被動理解與主動表現的極大差異，更何況是外語呢？

想要學好英文會話方法很簡單，就是把你聽得懂的那十句都說出來，這樣你一定會成為會話達人。要怎麼做呢？非常簡單，你只要把那十句背得滾瓜爛熟就對了。讀書方法中最單純的就是背誦，不管何時何地只要有時間，你都可以喃喃自語背英文。我會利用上下班走路的時候背英文句子，每天只要十句，這樣想就不會覺得困難了。第二天連著昨天背過的內容再加十句，第三天以此類推。

「今天背初級的，下禮拜就來背中級的吧！」別這麼貪心，因為當初級用法熟背到一定的量之後，不知不覺就會出現高級用法了。要知道，並不是把難背的長句子硬背下來就可以進階成高級。

你可以利用上下班通勤時間喃喃自語地背誦，並且每天多背十句，再趁假日晚上閒暇時靜下心坐好，一次背出這個禮拜的七十個句子。像這樣每天追加十句地背，一個月後就能熟背三百個句子。

一天背十句，是不是感覺很容易呢？這個學習方法的效果就像理財中驚人的「複利法則」，一開始的十句並不重要，重要的是猶如複利滾存般每天再追加十句，這就是背誦學習法的核心，用這個方法熟背的句子將能幫助你在任何時間、任何狀況都能充滿自信地與人交談。

　　或許有人會說：「要我這種腦袋不好的人一個月背三百個英文句子？哎喲喂呀，頭好痛！數學或物理我還行，英文就……」如果你認為英文好是天生的，那就去一趟美國吧！那邊的五歲小孩也都能說英文，不會有美國人說：「噢！抱歉，我腦袋不好，不會說英文。」對不對？

　　語言只要靠努力，任何人都能學得好，不是每個人都能成為科學天才，但任何人都有機會變成外語達人。現在你是不是覺得要成為英文高手似乎挺容易的呢？

　　只要把初級會話書整本背下來，話匣子就打開了，不論何時何地，你都可以開口說英文。別以為初級會話就是程度低的句子，其實這些句子都是使用頻率最高的，例如自我介紹、打招呼、詢問天氣……等等，這些表現方式隨時都能派上用場。反觀《VOCA 22000》裡的單字、《TIME》裡的用法，在生活英文中幾乎都用不上。有些人認為要學英文會話必須去上補習班，但是母語人士的會話班只是讓你活用已經學會的表達方

式，而不是教你新的用法。與其去會話班觀摩母語人士流暢地說英文，不如自己拿起書大聲念、背句子。記得，你能做出多少主動表現，決定了你的語言程度。

別以為看懂了就能記起來

把一本初級會話教材背到滾瓜爛熟，徹底征服它吧！

　　幾年前跟我很熟的女演員請我推薦英文會話書來學習，於是我就建議她某一本初級會話，但她看到書之後似乎有點失望，因為那本書的一開頭寫著：Good morning! How are you? How do you do?

　　每當我建議別人從初級會話開始學，每個人都會噗哧一笑地說：「就這點程度？」其實這時候你應該做一個簡單的自我測試，把課本翻開到第五課或第十課，將英文部分遮住，然後看著翻譯自己講英文。若你可以說出完美的英文句子則往下一課繼續測試，直到最後一課都完全正確的話，這本書可以不用

讀了，去找下一階段的書吧！

如果不是百分之百正確，但說對了七成的話該如何是好？還是要背。因為能講對七成初級會話代表你漏了介系詞、說錯慣用語，只是把知道的單字羅列出來而已。初級會話都是使用頻率高的句子，因此你更應該要說得正確並做到琅琅上口。中、高級程度的英文就算說錯了，別人或許還能體諒你，但初級會話講得不好，別人很難認為你英文有多好。

學任何東西最大的敵人就是自己，當你以為「這點程度我早就會了」，同時你也失去了學習新知的機會。大多數人覺得自己的初級會話已經很厲害了，但看懂內容不代表真懂，要做到不看句子也能講出來才是把那個語言學通。如果你做不到，那就從頭開始背初級會話吧！

當了PD之後我常常跟藝人接觸，近年來海外瘋韓流，越來越多國外的活動或粉絲見面會，因此許多演員或歌手都開始請英文家教，他們找的老師通常是從小在美國長大的韓僑或留學生。每次看他們學英文的樣子，我都滿替他們感到可憐的。

有些人用電影劇本練習會話，或是翻譯《紐約時報》的報導，但這樣的學習方式只是讓師生雙方自我滿足而已，效果很有限。事實上韓僑或留學生並不是最適合的英文老師，因為他們的英文不是靠讀書學來的，而是從小時候浸淫在英語的環境

自然就會的，拿自己沒學過、全靠自然習得的東西來教別人並不容易。通常簡單的東西最難教，所以老師就選自己熟悉的高級英文當教材，而不會教的老師只會丟出艱澀的問題，還反過來責怪學生：為什麼連這都不會？可憐的是學生以為英文電影和新聞報導可以學到高級英文，心甘情願花大錢請家教。

然而不管花再多時間學，學生還是開不了口，甚至最後認為「啊！果然還是要像老師那樣從小在國外長大才能學好英文，年紀大了學英文太困難了」，最終選擇了放棄。我認為應該要先背誦初級會話，而不是從高級英文學起。

我獨自去阿根廷旅行時，去了一趟伊瓜蘇瀑布國家公園，裡頭有地圖，但是我怎麼也找不到最重要的資訊——我的位置。比起上知天文、下知地理，更重要的是知道自己在哪裡，對吧？然而無論我用什麼方法，都找不到自己所在地點，害我陷入極度驚慌。

這時候我看到一排字「Usted Esta Aqui」，雖然字數不多，但我記得我在初級會話課本《西班牙文基礎大全》（朴基鎬著，東洋文庫出版）的第三課背過「Como esta usted?」就是英文How are you的意思，是最基礎的問候語。esta是英文的be動詞，usted是「你」，aqui是「這裡」，所以「Usted Esta

Aqui」就是You are here，我找到我在哪兒了！

我們現在也可以用西班牙文跟女生搭訕了，只要手指著心儀的對象，再拍拍自己胸口說：「Usted Esta Aqui.」不就是韓劇裡「妳在我心裡」的意思嗎？如果對方不領情，大笑幾聲就好了。

就算是陌生的外文，只要背到初級會話課本的第三課就可以在緊急狀況隨時派上用場。

只要知道十個名詞、十個動詞、十個形容詞，$10 \times 10 \times 10 = 1,000$，這樣你就能說出一千種句子。只要會「你、我、這、那、去、想要、看、買、很好、不好」這十個單字，你就能在旅途中跟當地人進行最基本的溝通，例如在地圖上指著想要去的地方說「我去這」，看到美麗的風景說「我看這，很好」。一開始學語言不必太在意文法，只要按順序排列好主詞、動詞、受詞就好了。

我在阿根廷埃爾恰登（El Chaltén）登山健行那天，住的是兩萬韓元（約台幣五百三十元）的上下鋪背包客棧。我在二樓公共空間的沙發上看書，無意間看到一句告示文。

"Sorry, is not allowed eat here."

我看完忍不住大笑，我猜這句話應該是用Google翻譯翻出來的，他應該是想說「不好意思，這裡禁止飲食」，正確的句

子應該是「Sorry,'it' is not allowed 'to' eat here.」才對，但原句因為少了it跟to，意思變成「Sorry is not allowed（不准說抱歉），eat here（請在這裡吃）」了，意譯就是「不要覺得抱歉，就在這兒吃吧！」

如果只是單純把單字列出來，有時候就會產生像這樣南轅北轍的意思，當然別人或許能從前後脈絡中大致猜出來你想說什麼，但是會誇你英文好的人應該不多，我想這一點大概就是Google翻譯最大的盲點了吧？在學習初級會話時，千萬不能把不定詞to、介系詞之類簡單的單字給漏掉。

讓我們把一本初級會話教材背到滾瓜爛熟，徹底征服它吧！

該背什麼樣的書？

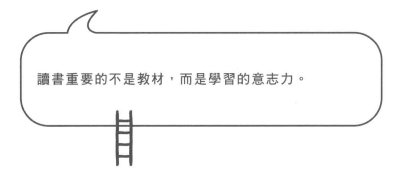

讀書重要的不是教材，而是學習的意志力。

　　我是一個以「有免費的何必花錢買」為座右銘的小氣鬼，不然我的部落格名稱怎麼會取「天下有白吃的午餐」呢？在我入伍當防衛兵的時期，一方面很少英文會話教材，一方面我也不願意花錢買書，於是我每天早上就打開收音機，把EBS FM的英文會話錄下來，然後再一句一句地聽寫出來，編成屬於我自己的教材。我還會去圖書館的期刊室找報紙，將「今日生活英文」抄在筆記本上。

　　要知道，讀書重要的不是教材，而是學習的意志力。然而用廣播或報紙連載的內容當教材有個缺點，就是你很難設立學

習目標，有種老鼠跑滾輪、無限迴圈的感覺，因此近年來我都會選一本教材，並且把整本書背起來。現在我不再捨不得花錢買書了，因為買書不是消費，而是對未來的投資。

比起從前，書店裡不錯的會話教材多了很多。市面上的英文會話叢書大致分為兩種：一種以熟悉句型為主，一種以情境對話為主、有系統地學習文法。前者學起來簡單，後者學起來困難，它們各有優點，簡單的教材看得快，適合用來趕進度；困難的教材光是攤開就覺得收穫滿滿。然而選擇教材的重點不在於收錄了多少漂亮的句子，而是你能吸收多少。

如果你是大學生，每天有好幾個小時能看書、上補習班聽老師講解，那麼困難的教材對你來說還負擔得來，但是若你是利用瑣碎時間學習的上班族或家庭主婦，相信你很快就會對厚厚的文法書感到厭倦，不要多久就放棄了。句型為主的會話教材讀起來簡單，但不容易記住，例如：

I didn't mean to～我不是故意要～

I didn't mean to hurt your feeling.我不是故意要讓你傷心。

I didn't mean to delay the project.我不是故意要延遲專案。

I didn't mean to be in your way.我不是故意要妨礙你的。

事實上背句型會話的教材時，你必須把不同意思的句子全都背下來，要背完一本書是很不容易的，因此比起沒頭沒尾的句子，彼此對話的情境式會話更好背。我就用《英文會話100天的奇蹟》（文勝賢著，NEXUS出版）裡的例句來舉例吧！

A：Sorry to keep you waiting. So where were we?

B：We need to fix the date for the next meeting.

A：When is the most convenient time for you?

B：Too bad I'm not able to make time this week.

A：Try to look on the bright side.

B：Got it. Keep me posted on your progress.

A：抱歉讓你久等，我們剛談到哪兒了？

B：我們必須定好下次的會議日期。

A：你什麼時候方便？

B：糟糕，我這一週都沒空。

A：往好處想！

B：好啦！記得讓我知道進度。

有了情境之後，句子變得好背多了。通常家裡已有的會話教材或孩子的國中英文課本常常有像這樣的情境對話，很適合

拿來背誦。

　　如果家裡沒有書，並且想趁有決心的時候買一本來背，那我會推薦方才介紹的《英文會話100天的奇蹟》，因為這本書可以讓你每天學習一種情境並持續一百天，而且每一課都會先立刻展開對話，而不是先進入文法解說，因此你很快就能產生學習的成就感。只要每天背一課、持續一百天，相信你一定能遇到「英文會話的奇蹟」。

依照意義分段來背誦

看著翻譯文的意義段落來回想原文句子，就是背誦學習法的核心技巧所在。

　　要把書整本背下來，光聽就覺得難，不過遇到困難的任務時，不妨把它分割成小部分一一突破，不要想著背完一整本書，而是把它當作是每天反覆大聲念幾句英文就好。在此，我再拿剛剛的例句說明：

A：Sorry to keep you waiting. So where were we?

B：We need to fix the date for the next meeting.

A：When is the most convenient time for you?

B：Too bad I'm not able to make time this week.

A：Try to look on the bright side.

B：Got it. Keep me posted on your progress.

　　來吧！起床後花個三十分鐘，這幾句一定背得起來。我建議可利用瑣碎時間反覆背誦，不要一開始就要求完美，擔心自己沒辦法一次背到位。為了充分利用瑣碎時間，你可以寫張小抄，我以上面的對話為例，維持英文的語順切成幾個意義段落並翻譯：

A：抱歉，讓你等。在哪兒？

B：定日期，下次會議。

A：何時，方便？

B：糟糕，沒時間，這一週。

A：試著，看，好的一面。

B：知道了。告訴我，你的進度。

　　背誦學習法的核心技巧是透過自己寫的小抄回想英文句子，它可以培養「英文順解」的習慣，也就是說閱讀英文文章時能自然地按照英文的語順去理解意義。英文與韓文的語順相反，如果習慣了從句尾回過頭翻譯，不僅會造成英文閱讀障礙，與人對話時反應也會比較遲鈍。

A：Sorry to / keep you / waiting. So where were we?

B：We need to / fix the date / for the next meeting.

A：When is / the most convenient time / for you?

B：Too bad / I'm not able to / make time this week.

A：Try to / look on the bright side.

B：Got it. / Keep me posted / on your progress.

　　如果用意義段落來回想英文句子，就等於是把一句中的二至三種句型一次背起來，而且在實戰對話中也可以像下面那樣多加運用。

We need to / make time / this week.

我們必須／撥出時間／這週

這週我們必須撥出時間。

Too bad / I'm not able to / fix the date. / Too busy.

糟糕／我無法／定日期／太忙

糟糕，我定不出日期，因為實在太忙了。

Try to find / the most convenient time / for both of us.

試著找／最方便的時間／對彼此

試著找彼此都最方便的時間吧！

用這個方法背十個句子，不但能熟悉二十～三十個句型，又可以拿這二十～三十個句型變化出數百個新的句子。如果把原文和翻譯一對一對照來背的話，十句英文只能翻譯成十句韓文，但如果是用意義段落來背，十句英文可以活用成三百個句子。

試著把每天早上學過的句子分割成意義段落寫在小抄上吧！看著翻譯文的意義段落來回想原文句子，就是背誦學習法的核心技巧所在。

英語學習的盲點

一邊看著教材複習英文會話時，你很容易就能想起來。便誤以為自己已經「懂了」這些句型表現。

　　可汗學院（Khan Academy）的創辦人薩爾曼·可汗（Salman Khan）曾透過網路教導外地的姪兒們數學。起初他用Skype視訊通話，但因為雙方常常無法配合彼此的時間，後來只好拍教學影片上傳到YouTube。和視訊家教相比，孩子們比較喜歡用YouTube學習，因為每次叔叔在視訊裡問「你們聽懂了嗎？」大家都很害怕答不出來。然而YouTube上課遇到不懂的地方時可以盡情地重播，學習碰壁時還可以稍微休息，最重要的是他們可以自己掌控學習。

　　《超牢記憶法》（亨利·L·羅迪格三世等人合著，台灣

天下文化出版）一書中談論到對學習的誤解，其中有個現象被心理學家稱為「知識的魔咒」（the curse of knowledge），意指當人們將自己熟知的知識或技術傳授給新手，或者運用它們進行任務時，很容易低估所需的時間。

母語人士教英文也會遇到知識的魔咒，外籍老師沒辦法向外國人解釋怎麼學英文，就拿我們教孩子母語來當例子好了，你會教孩子文法跟語言學嗎？不會。我們只不過不斷地對孩子說話、耐心聆聽他的牙牙學語、隨時呼應他「這就對了！這就對了！」並且教他正確的說法，對吧？英文會話班的外籍老師不會像爸媽那樣對我們，因為他是老師，你是學生。當你聽不懂的時候，老師想的是「咦？怎麼連這麼簡單的都聽不懂？」而且前面我也提到過了，外籍老師會話班只是讓你練習平常已經熟悉的表達方式，而不是教你新的東西。很多人以為學英文就是要面對面、一對一，然而事實上最有效率的學習方式是自學，不過自學背誦時有一點要注意：

當我們聽到自己熟悉的事物，通常會產生感覺式知識（the feeling of knowledge），誤以為自己懂了。
當文字讀起來順暢時，我們容易誤以為自己已精通而產生所謂的流暢性錯覺（fluency illusion）。舉例來

說，有一篇文章言簡意賅地敘述某個困難的概念，你可能看了誤以為它很簡單，甚至還以為自己全都搞懂了。就如前面所提到的，學生採取重複閱讀的方式來學習時，容易因為看了很多次課本而提升了熟悉度，就誤以為已經吸收了該科目的知識，這樣的錯覺讓他高估考試的成績。——摘自《超牢記憶法》（亨利・L・羅迪格三世等人合著，台灣天下文化出版）

一邊看著教材複習英文會話時，你很容易就能想起來。因為你常常看到這些句子，便誤以為自己已經「懂了」這些句型表現，但其實這些只是提取了短期記憶，並沒有儲存在長期記憶裡。如果你能闔上書本，憑小抄上幾個韓文關鍵字回想起英文句子，才是真正把會話內化為自己的東西。接下來你必須進一步訓練自己連小抄都不看，只看課文標題就能把整課背出來，這樣才能避免產生流暢性錯覺。

闔上書、閉上眼睛來背吧！這樣才是真正的學習。

像演戲一樣背對話

好了，現在輪到各位想像自己是編劇，讓對話產生故事性吧！

　　背句子不像嘴巴上講的那麼簡單，對吧？但演員們是如何把落落長的劇本背下來的呢？演員蘇怡賢很會背台詞，我常看她在等候室從容自在地和其他人聊天，但一開拍她從未因為忘詞喊卡過。我很好奇，於是上前請教她：「妳怎麼那麼會背台詞？」

　　她說：「我啊，我不是背台詞，而是去理解情境，例如我現在所處的狀況是什麼、對方的情緒如何、劇中我的情緒如何。只要我入戲，對方一開口，我的身體很自然就會有反應。」

背英文對話也是相同的道理，比起看到句子就背，先理解整個對話的情境會更容易背起來。

　　我再拿前面提到的對話來舉例：

　　A：Sorry to keep you waiting. So where were we?

　　B：We need to fix the date for the next meeting.

　　A：When is the most convenient time for you?

　　B：Too bad I'm not able to make time this week.

　　A：Try to look on the bright side.

　　B：Got it. Keep me posted on your progress.

　　A：抱歉讓你久等，我們剛談到哪兒了？

　　B：我們必須定好下次的會議日期。

　　A：你什麼時候方便？

　　B：糟糕，我這一週都沒空。

　　A：往好處想！

　　B：好啦！記得讓我知道進度。

　　在記憶新的知識時，設定情境才會更好背，例如我們學歷史一定要知道事件的發展始末才容易記住。要讓知識存放在長期記憶裡，祕訣就是讓資訊和資訊之間產生意義的連結，所以

當你編故事讓句子之間互相關聯時，就算是整句地背也會容易許多。現在讓我們把前面的對話改編為浪漫喜劇的一幕吧！

要怎麼編寫劇本呢？首先得塑造角色，讓登場人物有自己的個性。假設 A 是個魅力十足的正妹（如果這個方法也套用在 MP3 外籍配音員身上，聽起來一定會更有趣），B 是長得抱歉的把妹高手（我絕對不是在說自己）。

A 的美貌常招來一堆男人的追求，而工作上的合作廠商職員 B 也對她窮追不捨，倍感壓力的她暫時離開會議室去喘口氣。這段時間 B 決定改變戰術，心想：啊！我的攻勢太猛了，先滅一下火吧！

為了躲避 B 男而離席的 A 女回來了，她板著一張臉問 B：

A：Sorry to keep you waiting. So where were we?（抱歉讓你久等，我們剛談到哪了？）

B 男假裝收斂，提到要定出下次的會議時間。

B：We need to fix the date for the next meeting.（我們必須定好下次的會議日期。）

A 女雖然不情願，但這畢竟是工作，也只好問了。

A：When is the most convenient time for you?（你什麼時候方便？）

看到 A 女臉色這麼臭，B 男決定要展開「欲擒故縱」戰術，讓對方知道自己其實是個大忙人。
B：Too bad I'm not able to make time this week.（糟糕，我這一週都沒空。）

A 女沒想到 B 男居然會打槍自己，頓時驚慌失措。經理要她這禮拜交出成果呢！怎麼說都是自己吃虧了。
A：Try to look on the bright side.（往好處想！）

A 開口拜託後，B 假裝讓步。
B：Got it. Keep me posted on your progress.（好啦！記得讓我知道進度。）

B 雖然說「好啦！」但卻沒有約時間，看來是賣關子想拖時間呢！你說這男人是不是個高手？
背對話之前先賦予人物個性（角色）並設定狀況（情境），不但能讓故事更有緊張感，還能使句子與句子之間

產生脈絡，簡單來說就是「角色＋情境＝故事」。

好了，現在輪到各位想像自己是編劇，讓對話產生故事性吧！別忘了念出聲音時也要加入演技、放入感情，這樣可以改善發音，語調也變得更自然。讓我們藉由背英文會話成為電視劇的主角吧！

同時想像劇情與畫面

背句子時請用電視劇來包裝對話的情境、用圖像來幫助記憶吧！

　　幾年前我受到中日韓PD論壇的邀請，針對「韓劇模式的新趨勢」發表主題演說，當時中國的節目工作者提問：「韓劇在中國很火，您認為韓劇的影響力是從何而來？」我認為這是因為韓國自古以來就是一個故事產業強國，從橫跨五百年歷史的《朝鮮王朝實錄》就能看得出來，我們是單一民族，有共同的歷史經驗，因此才能發展出像歷史劇這樣的電視劇類型，不是嗎？

　　從日本或中國節目工作者的角度來看，韓國節目模式能成功算是挺令人意外的，畢竟從產業面來分析，韓國節目市場的

缺點很多。一個產業要發展起來，最基本的要素就是市場，美劇能夠紅，是因為它講的是英文，存在廣大的出口市場。而日本的人口超過一億，光是內需市場就能消化自製電視劇；南美洲的電視連續劇（telenovela）能做起來，也是託了世界各地西班牙語使用者的福。

那麼韓語的情況呢？我們只有一個鄰近國家使用韓語，但我們無法對它出口，因為是北韓。在北韓偷看韓劇甚至有可能被抓走呢！韓國的內需市場條件如此惡劣，韓劇卻能產業化且在海外市場具有競爭力，到底靠的是什麼力量呢？這都要感謝各位觀眾對韓劇的喜愛。我的工作是電視製作人，常常需要搜尋「每日收視率」，你知道前一天播出的節目中收視率最高的是什麼嗎？通常收視率前十名裡頭有七個都是韓劇。儘管電視節目的類型有綜藝、紀錄片、新聞等等，但韓國觀眾最喜歡的還是韓劇。

日本收視率前二十名之中電視劇通常只占二～三個，中國的情況也差不多。韓國觀眾愛看劇出了名，所以才能造就韓劇產業的發展。

韓國人從小就愛聽大人話說從前，而像吃炸雞、喝啤酒之類的喝酒文化中，不論是在背後說金部長的閒話也好，還是在討論藝人的八卦消息也好，事實上也都是在創造分享彼此的故

事。然而韓國人這麼愛聽故事，但國內的小說或散文的銷售量卻遲遲跟不上。我們有票房破千萬的電影、收視率破三十百分比的電視劇，但小說或散文等文字形式的內容卻無法在市場上發揮較大的影響力，可見故事重要，圖像也很重要。

背英文句子若能搭配圖像會更好，比起把文字直接塞入腦袋裡，用圖像來呈現對話的情境則更容易記憶。以前有位老婆婆教我學日文，她總是用圖畫來幫助我背句子。

這裡有一張書桌。書桌上有幾本書？

有兩本書。

書桌下面有什麼？

有一隻貓。是白貓還是黑貓？

房間裡有幾扇門？

有一扇門。

有幾扇窗？

有兩扇窗。

上面是日語基礎文法教材裡的課文，複習的時候老師闔上了書並給我一張圖，圖中有房間、門、窗和書桌。她先指著圖

片中的書桌，接著換我說出日文。

　　「這裡有一張書桌。」
　　老師指著書桌上的書，我說：「書桌上有幾本書？」
　　老師對我比「二」，我說：「有兩本書。」
　　她再指著書桌底下，我答：「書桌下面有什麼？」

　　如此練習幾次，後來只要看到圖片就能流暢地把課文背出來了。比起單純地記單字或生詞，用圖片更容易聯想起句子該怎麼說，因此背外文句子最好的方法之一，就是善用圖片。
　　通常在初級會話教材中常常可見用來呈現對話情境的插畫，它的用途就是在幫助你背誦句子。背句子時請用電視劇來包裝對話的情境、用圖像來幫助記憶吧！這就是把句子轉化為長期記憶的祕訣。

練習聽寫，測試英語程度

當我把整本教材聽寫完、背完，我的耳朵突然就打開了，也能開口說了，真的很神奇！

　　當防衛兵時背英文聖經其實不容易，因為聖經內容一點也不有趣，花的工夫多，效果卻很有限，因此我後來選了一本適合下班後學習的英文會話教材來背。當時最有名的是時事英語社出版的《Michigan Action English》，一套要價五十萬韓元（約台幣一萬三千三百元），像這樣高價的有聲教材有時候會由銷售員親自登門推銷，大學校門口也有人擺攤販售。價格太貴我買不起，但我聽說有一位同學他用分期付款買了，當我一聽到他去當兵便立刻跑去問他：「你當兵的時候我幫你好好保管！」於是我就借到了錄音帶。我當兵時每天晚上都聽這套錄

音帶，它比背英韓對照的聖經輕鬆多了。

　　會話課本一開始都很簡單，有些教材還會從「Good morning, how are you?」這種簡單的句子開始。通常越貴的教材到越後面就越難，可能出現商業或生活實際會用到的高級句型，當你一口氣翻閱完這本書，以為學完這本書就能精通高級會話而感到莫名充實時，很抱歉，你想得太美了。如果只是一邊聽一邊用眼睛掃過去，絕對不可能達到高級會話的水準。

　　一邊聽一邊看課本，你以為自己都懂，但實際上你只聽得懂已經會的單字，不會的單字打死都聽不懂。初級會話誰聽不懂？好吧，那請把書蓋上練聽寫吧！你會發現明明知道這個句子是什麼意思，但聽寫的時候卻意外地有很多單字聽不懂，那是因為平常我們是靠幾個已知的單字來推測整句話的意思，所以聽寫時很容易漏掉介系詞或寫錯冠詞。我得再次強調，背英文必須從初級會話開始，唯有如此，英文的文法架構才會自然地植入記憶，如果小看初級會話而隨隨便便讀過，到了高級會話會學得很吃力。

　　當時很多人認為「聽寫」很適合拿來練英文聽力，所以我決定靠著錄音帶把整本書聽寫出來。如果手邊有課本的話，很有可能一聽不懂就立刻找書，因此我跟同學借教材時就故意不拿書，這樣我就只能聽錄音帶來推敲句子了。

光靠聽寫完成一本書真的很難，例如我總是把一杯牛奶（glass of milk）念成「哥雷斯　歐波　米爾克」，但錄音帶傳來的母語人士卻念成「哥雷瘦　米又顆」，聽起好像韓文的「是你幹的好事嗎？裙帶菜」我又不是海菜，幹麼去招惹裙帶菜？

　　剛開始我連這麼簡單的句子都聽寫不出來，但經過我反覆聽才終於明白，原來英文單字字尾是子音時不發音，子音前面的 L 也會消音。練習聽寫讓我從「是你幹的好事嗎？裙帶菜」升級到「glass of milk」，從此跟韓式英文說掰掰，邁向母語人士的英文。英文是拼音文字，所以就算再怎麼難的生字都可以在字典查到，每當有聽不懂的單字，我就會用發音來推敲它的拼法再去翻字典。

　　因為我沒跟朋友借書，無法對照正確答案，有時候難免創造出一些令人啼笑皆非的怪字。我曾經聽到「搭乘長途飛機，『 dʒet　læg』讓我好累」，但我聽不懂「 dʒet　læg」是什麼，而且我把字典翻爛了也找不到相似的字，於是我端詳了一會兒，心想，漫畫的睡覺不都是用「ZZZZZ」來呈現的嗎？Z 就是睡覺，「lack」是缺乏，所以缺乏睡眠應該就是「Z lack」吧？日後我翻開課本一看，居然是「jet lag」！也就是時差的意思，意指發明飛機之後人們可以在短時間內長距離飛行，但無法立刻適應兩地時差的現象。因為飛機（jet）而感到生理

節奏遲緩（lag），所以才有了「jet lag」這個片語。回想當時我真的是查到山窮水盡的地步，不得已必須自創字典沒有的片語。

我通常第二天馬上就能把費盡千辛萬苦聽寫好的句子背起來，因為已經聽了好幾遍，背熟並不難，而且我從初級會話就一句不漏地背，所以越到後面越覺得輕鬆。初級會話都是使用頻率高的句子，因此全背熟之後進階到高級就不覺得難。

當我把整本教材聽寫完、背完，我的耳朵突然就打開了，也能開口說了，真的很神奇！看電影時，好萊塢演員彷彿直接對著我講話，我不看字幕也聽得懂了。在路上遇到外國人，我也能很自然地對他講英文。我到現在都還忘不了能聽懂英文、開口說英文的喜悅。

假裝英文很好的
祕訣

　　當有人問：「學好英文的祕訣是什麼？」我會說：「假裝自己英文很好就行了。」學英文時，比起學得好不好，更重要的是能不能假裝自己很厲害。我來分享五個提升英文自信心的祕訣吧！

一、英文就像打桌球

　　英文不是一項學問，而是一種溝通的工具，所以不必要求完美，也沒理由不能犯錯，這就像是打桌球，打很爛照樣還是可以你來我往。誰都會打桌球，你只要依照自己的實力回球就好，對

方就算是高手也會放水，讓你能順利接到球。要是對方不顧你是新手，拚命送你旋轉球跟扣球呢？那表示他不適合跟你打球。要是你用初級程度跟對方搭話，他卻一個勁兒地用高難度的句子把你搞得筋疲力盡？那表示他不適合跟你聊天，就放他們去吧！大部分的母語人士都會配合對方的語言程度來聊天的，所以不要擔心自己只會講簡短的句子，先從簡單的部分開始對話吧！

二、Konglish（韓式英文）也算English

有些人覺得自己一開口就是Konglish而害怕講話，然而連Konglish都不好了，英文怎麼可能好？別管文法和發音了，先從Konglish開始吧！Konglish也是可以溝通的啊，老想著要講出完整的句子而一語不發的人，英文是不會進步的，因為當你想著如何講得完美時，你已經錯過了說話的時機，也錯過了練習的機會。就算你只講得出幾個單字也還是可以跟外國人溝通，而且優秀的聊天對象會利用這些單字造句給你聽，確定你想講的是什麼意思。如果你總是把嘴巴閉緊緊的，對方打死都不會知道你想說什麼。別擔心了，即使英文說得破破爛爛也照樣開口吧！只有用Konglish開始，English的大門才會為你敞開。

三、發音爛照樣算English

我只要一開口說英文，周遭的人就會說：「你不是口譯員嗎？怎麼英文發音有點⋯⋯」慶尚道出身的我講英文也帶有濃濃的地方腔，很多人都說我發音不怎麼樣，但我並沒有放在心上。

畢竟英文重要的不是發音而是內容。美國人英文再怎麼好，對英國人來說仍舊是美式發音，英國人英文再怎麼棒，對美國人來說一樣是英式發音，更何況英文是國際語言，本來就存在著各地的腔調，所以韓國人操著一口韓國腔不是很正常的嗎？如果要比韓文，我們說的韓文一定比任何一個國家的人還標準，對吧？英文怎麼說都算是外語，講得差又如何？我們看那些講韓文的外國人，即使說得不好也還是很帥對吧？同樣的道理，我們努力試圖講英文的樣子看起來也很帥。只要有自信，發音爛也可以自成一格。

四、你的反應也是English

　　英文會話教室裡總有人一臉嚴肅地埋頭抄下老師講的話，也有人一派輕鬆地雙手抱胸前、點頭如搗蒜，一副都聽得懂的樣子，還一邊發出「Aha, aha!」的聲音。結果誰的英文會話進步最快呢？答案是後者。這個現象告訴我們，聽不懂也要笑著猛點頭，這樣對方才會回應你的動作，跟你多講幾句話。如果你老是皺著眉頭、面色凝重，別人也不敢主動跟你搭話。

　　會話時，對方的表情比他說的話更重要，你必須懂得判斷他是在講笑話？還是正經事？外國人講英文的表情和動作總是很豐富，你可以模仿他們做更多不同的反應，只要在合適的時機聳聳肩、笑一笑、說幾聲「Oh, no」，看起來就超厲害了。笑聲、表情、肢體動作等等其實也是語言的一部分，更是英文的一部分。聯誼時懂得做反應的人總是受到大家歡迎，英文會話也是同樣的道理，有反應的人才會成為英文達人。

五、比手畫腳也能溝通

　　有個前輩他去非洲的時候都用韓文來溝通，他說：「反正對方不會英文，我也不會英文，那何必要用英文互相折磨？只要笑

著跟他講韓文，他應該也會笑著跟我講斯瓦西里語吧？」神奇的是他們倆真的可以溝通。人際溝通最早是從比手畫腳開始的，而我們最後的權宜之計不也是比手畫腳嗎？ 相信肢體語言的力量，帶著自信去挑戰吧！

學英文重點不是學得好，而是「假裝自己很厲害」！

03

讓零碎時
間變得更
有價值

Your time is limited, so don't waste it living someone else's life. Don't be trapped by dogma - which is living with the results of other people's thinking. Don't let the noise of others' opinions drown out your own inner voice. And most important, have the courage to follow your heart and intuition.

-Steve Jobs

時間才買得到的東西

只有花時間才能學好英文，而不是花大錢。

　　二〇一五年我去南美洲當背包客，我正在伊瓜蘇往埃爾卡拉法特（El Calafate）的飛機上看書，鄰座的墨西哥人對韓文很好奇，問我韓文是不是一個一個獨立的單字，當他知道其實是由子音和母音像樂高積木般上下左右組合而成的時候，他顯得相當驚訝。我沒想到他對韓國那麼感興趣，他說他小時候還去過社區裡的跆拳道道館呢！這不就是民間外交的力量嗎？我跟他相談甚歡，聊了好幾個小時，身為脊椎專科醫師的他跟我分享了一名患者的故事：

　　一名老婦人因為癌細胞轉移至脊椎，已經到了手部無法動

彈的地步，這時候醫生也無能為力，只好建議她盡情去做自己平常喜歡做的事，喜歡閱讀就多看點書，喜歡人群就多去見朋友，愛旅遊就多出去走走，好好享受餘生。沒想到患者的兒子聽了破口大罵：「什麼叫無能為力？我看是你實力不足吧！」

這位有錢的兒子又帶著母親到處求醫，他以為只要出錢就可以遇到能醫好母親的醫生，後來他真的找到了願意治療的醫生，只可惜不論到哪兒都是做放射線治療、藥物治療、開刀。六個月後兒子又跑回來找這位墨西哥醫生，一樣捧著一大筆錢，問他為什麼母親被各種治療折騰了這麼久卻沒有康復，醫生回答他：「醫生能做的都做了，而你能做的就是讓她好好享受餘生。」

兒子一聽涕淚縱橫，他哭著說：「醫生怎麼可以說自己無能為力？至少得做點什麼吧！」

醫生默默地搖了搖頭說：「有些事情不是用錢就可以解決的，你就讓母親好好度過剩下的日子吧！」

醫生告訴我，許多人認為錢是萬能的，但人生走到盡頭時，生命所留下來的不是錢，而是過去那些幸福的回憶。這就是為什麼他每年都會去旅行。

二○一五年春季我為了拍《女王之花》這部戲的外景連日熬夜，導致體力不支、全身痠痛無力，於是我去醫院想注射營

養劑，護士對我說：「以後不要再來打這麼貴的營養劑了，平常重視睡眠跟運動吧！這才有益健康。」

　　我們很習慣用錢買到一切，認為錢可以換來健康、美貌、幸福，然而事實上錢是買不到這些東西的，只有時間能買到。學英文也是一樣，只有花時間才能學好英文，而不是花大錢。

做好時間管理，
成為人生的主人

改掉壞習慣不容易，你得用習慣去對付習慣，當你
改掉壞習慣時，也意味著培養了好習慣。

　　我們都想學好英文，但總是擠不出時間。尤其對於上班
族而言，英文學得好不好關鍵就在於你能不能創造出學習的時
間。有關這方面的技巧，我也是從書中學到的。

　　二十歲時我讀了《支配時間的男人》（This Strange Life，
丹尼爾・格蘭寧Daniil Granin著，金智英譯，精神世界社出
版）這本書，主角俄羅斯科學家柳比歇夫（Lyubishchev）為
了把時間運用到淋漓盡致而獨創出「時間收支表」，他把每天
二十四個小時當作入帳，並且將每天的時間分配像記錄收支般
一條條寫下來。

七點起床、準備出門三十分鐘、吃飯二十分鐘、上學
二十分鐘、上課二小時、中餐一小時、閱讀一小時。

我學主角把時間記錄下來，並且在晚上睡覺前結算。我把
用來學習和工作等能夠創造價值的事情列為收入，其餘的都算
是支出。結算之後我發現自己居然在不知不覺間浪費了好多時
間，要是能百分之百運用時間，說不定人生就會從此改變！

於是我開始努力將時間收支表裡支出的部分轉化為收入，
例如平常上學的路上聽音樂，我就改成背英文會話，這樣上學
三十分鐘就會變成學英文三十分鐘了。原本晚上我都跟室友們
一起看棒球轉播，現在就改成看美國情境喜劇，這麼一來看電
視一個小時就變成聽英文一個小時了。

我從小就愛胡思亂想，現在的超大螢幕電影、家庭劇院都
比不上我腦子裡上演的幻想劇。當時我對大學系上的課不感興
趣，常常在上課的時候盯著黑板發呆，幻想著自己去環遊世界
或是跟暗戀對象談戀愛的樣子。

《為什麼我們這樣生活，那樣工作？》（查爾斯‧杜希格
著，台灣大塊文化出版）一書認為習慣迴路是由三部分組成：
提示、慣性行為、獎勵。作者習慣在下午三點停下手邊的工

作，到一樓咖啡廳買巧克力脆片餅乾來吃。他分析自己的行為發現習慣是由三個要素組成的：一到下午三點就感到精神渙散想休息（提示），接著下樓去咖啡廳買巧克力脆片餅乾，一邊跟同事聊天（慣性行為），最後他帶著愉快的心情回到座位繼續新的工作（獎勵）。

適當的休息可提升工作效率，但是愛吃巧克力脆片餅乾卻會讓體重上升，如果想改掉壞習慣，就必須改變三要素其中的「慣性行為」，並且使「提示」與「獎勵」維持不變。作者調整了第二項的慣性行為，從原本去咖啡廳買餅乾替代成一邊喝水、一邊和辦公室裡的同事聊天。這麼做不但沒有改變原本的獎勵效果，更建立了新的習慣。

我分析自己大學課堂上胡思亂想的習慣，發現上課無聊的提示一出現，我就會陷入天馬行空的幻想，這樣我就可以獲得獎勵，逃離令人憂鬱的現實世界，盡情享受有趣的故事天堂。因此我將胡思亂想這樣的慣性行為改成閱讀，只要是沒興趣的課，我就會坐在教室後方看英文小說，如此一來我還是能跳脫憂鬱的現實，進入有趣的故事情節裡。由此可知，在提示與獎勵效果不變的前提下，只要改變慣性行為就能培養出好習慣。

改掉壞習慣不容易，你得用習慣去對付習慣，當你改掉壞習慣時，也意味著培養了好習慣。如果你下定決心要學好英

文，首先你必須把浪費掉的零碎時間用來學英文，接著你得培養早睡早起的習慣，讓早晨成為你專心學習的時間。你看，這兩件事不都跟習慣有關嗎？

我曾經在就業講座上跟學生說，想要找到好工作必須先培養好自己的力量，所謂的力量就是知識、技術、態度這三件事的總和。知識可以在學校獲得，技術可以靠工作培養，但最重要的態度是誰都教不了的。態度是本身的習慣自然而然流露出來的，只要培養好習慣，你對生活的態度就會改變；態度改變了，人生就會有變化。到頭來，改變人生的關鍵其實就是自己的習慣。

養成一天三次的習慣，
賺更多時間

把手機關了，你的專注時間就會增加，你也會越來越習慣沒有手機的時間。

人生中比金錢更重要的是時間，其實我們的錢都是用時間換來的呢！錢換不了健康、愛情、幸福等等，時間卻可以。賺取時間的方法之一就是把手機給關了，更精確地說，是要把手機轉成「飛航模式」。

1.睡覺時務必關閉手機

把手機轉成飛航模式時，鬧鐘、時鐘依然正常運作，只是電話、簡訊、臉書、推特等無法使用，如此一來你就不必因為他人來電而干擾到睡眠。睡得好，第二天就能提早起床，不必

設鬧鐘也能自動在凌晨五點睜開眼睛，賺到了一段不受任何人打擾的寶貴時間。

2.白天找段時間暫時關閉手機休息

拍戲時如果有空檔時間，我一定會打個小盹，因為提升工作效率最好的方式就是擁有短暫但充分的休息。這時候為了不被手機打擾，我都會把它轉成飛航模式。

3.下班後暫時關閉手機，轉換為專注模式

我建議下班後不論從事哪方面的活動，例如閱讀、看電影等等，最好把手機關閉，專注於一件事情上，這樣你才能好好享受你的休閒生活。你可以設定一段時間開機，確認一下簡訊或未接來電。

上班族很難把手機關閉，很多人認為關機會出大事，但事實不然。在就寢時段、白天的三十分鐘、下班後的一個小時不會有什麼天塌下來的大事，如果因為聯絡不上你而出事，那是工作的架構出了問題，是上面的沒把下屬訓練好、同事們沒有把公司的事當作自己的事，甚至還可以說上司沒善盡坐領高薪之責，畢竟拿得錢越多更應該多做事才對啊！所以才讓他升官

發財，對吧？把手機關了，你的專注時間就會增加，你也會越來越習慣沒有手機的時間。焦慮也是一種習慣，必須慢慢改掉它。

　　關閉手機的原因不僅是為了賺更多的時間，還是為了提升專注力，為自己擠出時間專心學英文。

1.01 的 365 次方是 37.8

> 我們的競爭對手其實是昨日的自己。我希望今日的我能比昨日更好，就算只進步一點點也沒關係。

我還是個大一新鮮人時，有個學長英文特別好，他高中畢業後就進了KATUSA（在美軍部隊裡服役的韓國軍人），英文也從此突飛猛進。退伍後他結了婚也開始上班，即使他的英文會話能力比大多數的英文系畢業生還棒，但卡在他只有高中的學歷，職場上總有面翻不過的牆，因此他努力準備大學考試，成了一個老新生。

那位學長已經當爸爸了，他還是一家之主，他一邊上學還一邊打工，努力賺錢付學費和生活支出。在我看來他是個真正的大人，而我還是個小屁孩。他很有領袖魅力，憧憬他的學弟妹不少，其中一個學妹就是我單戀的對象。每次看到女同學們

對他流露出崇拜的眼神，我總是既羨慕又嫉妒，因此我下定決心——把學長當作競爭對手，至少要在英文方面超越他！

但我後來仔細想想，這根本是「不可能的任務」，因為我們的出發點差太多了，就像芝諾的悖論——阿基里斯追烏龜一樣，烏龜已經領先十公尺出發，那麼不論阿基里斯跑得再快也絕對追不上烏龜，因為阿基里斯跑了十公尺時，烏龜已領先了一公尺；阿基里斯再跑一公尺時，烏龜又領先了十公分，所以阿基里斯永遠跑輸在後。只不過學長是領先的阿基里斯，我是落後的烏龜，況且學長又是個努力型的人，我這不是自不量力嗎？

要怎麼做才能贏過學長呢？

當時我二十歲，學長已經二十七歲了，於是我把時間變數的影響做了調整，先觀察學長二十七歲的英文程度，再以此作為我的目標。

我心想，我得在二十五歲時達到學長二十七歲時的程度，這樣就算是贏過他了。當然，我努力五年之後學長也變成三十二歲了，那麼我再以他三十二歲的程度作為目標，規定自己在二十八歲的時候達成。如此一步一步慢慢追上去，總有一天我會打敗他的。

我當時是不是很幼稚？但老實說，這麼想總比因為覺得追不上而直接放棄來得好，我就是憑著這股意念才能咬著牙苦

讀。這件事讓我想起之前看過一本書所提到的式子：

1.01的365次方＝37.8

0.99的365次方＝0.026

積極進取的人懂得比前一天進步百分之一，並且堅持三百六十五天。如果把它想成一點○一乘以三百六十五，那麼原本的一則將近三十八。相反地，如果一個人怎麼都提不起勁，每天比前一天退步百分之一且持續三百六十五天，最後他只會剩下○點○二六。當我們把時間間隔擴大到二十年、三十年再來看上班族的能力，你會發現只憑一道公式就道破了現實。

——《離開工作十八年的職場，我後悔的十二件事》（和田一郎著，Hanbit Biz出版）

我們的競爭對手其實是昨日的自己。我希望今日的我能比昨日更好，就算只進步一點點也沒關係；我期許自己藉由閱讀而比昨日更深思熟慮，透過持續寫作讓每天的想法更堅定。每一天的努力經年累月下來，總有一天生活將變得更快樂，這就是我的夢想！

背誦的訣竅在於
活用零碎時間

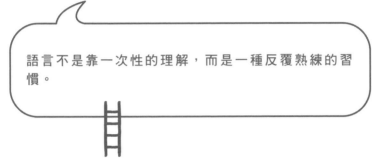

語言不是靠一次性的理解，而是一種反覆熟練的習慣。

　　最近我也在挑戰中文和日文，反正只要把一本初級會話背起來，任何語言都能說得溜。當別人知道我年過四十居然在學新語言，通常都很好奇PD工作這麼忙，哪還有時間讀書？講到時間，我想起以前曾在部落格上發表有關時間管理的文章：

　　假使我成了超級英雄，我最想要得到什麼力量來拯救地球呢？

　　我不需要改變世界的力量，我只需要支配人生的能力。我連一個小小的生活習慣都很難改了，哪敢開口

要改變世界呢？世界和平對我來說太過遙遠，因為光是想要心靈獲得平靜就已經很難了。

我的目標不是征服世界，而是征服人生。我的夢想是將人生發揮到淋漓盡致，去挑戰所有我想做的事。為了實踐夢想，我需要什麼樣的能力呢？我認為是「支配時間」的能力。

很多人埋怨老天爺不公平，然而唯一一件事是公平的，那就是不管你是有錢人還是窮人，每個人一天都只有二十四個小時。可能會有人冒出來說，有錢人可以花錢買時間，窮人必須貢獻時間去賺錢，這不公平！然而一個人如何運用他的二十四個小時，決定了他將會成為有錢人還是窮人，所以時間說到底還是公平的。事實上，人生最重要的資源不是錢，是時間。

為了支配自己的人生，你必須好好運用零碎時間。其實我們能自由運用的時間比想像中還少，因為我們必須忙著工作、陪伴家人、與朋友相處，所以如何充分利用零碎時間就變得相當重要了。

東洋文庫出版的《超簡單的中文基礎大全》的別冊封底上寫著「你如何利用零碎時間，決定了你的英文競爭力！」這句

話真是太有道理了。外語不是週末花一整天念書就能進步的，而是要每天固定一段時間練習。為什麼？因為語言不是靠一次性的理解，而是一種反覆熟練的習慣。

據說人專注在一件事的時間大概是十至二十分鐘，超過二十分鐘效率就會開始下降，因此每次就撥出十至二十分鐘來學外語吧！只要把零碎時間總和起來，一天就會多出一小時，三個月就會有一百個小時呢！利用這些時間你就能把一本書背起來了。接下來，我要針對上班族介紹幾個絕對不容錯失的零碎時間：

1.起床後二十分鐘

提早起床你就能擁有一段寶貴的專注時間，這時候還沒開始工作，小孩也都還沒起床，沒有任何人會打擾你，可以趁出門上班前的二十分鐘拿出教材讀完一課。學習會話時只要把單字解釋、文法說明、例句等稍微看過就好，對話才是學習的重點，畢竟我們的目的不是考試，不需要拿文法或單字來造成自己的壓力。練習會話時，記得大聲念幾遍課文。

2.通勤的二十分鐘

在不了解意思的狀況下，通常很難把句子背起來。光靠

看書來學習新語言，通常不容易理解句意，這時候你可以利用通勤時間用智慧型手機看教學影片，或是聽Podcast的廣播課程，如此一來無聊又漫長的通勤時間就變成充實的外語學習時間了。

一起床就在已定好的英文學習時間打開課本，大聲念當天要學習的單元。如果對發音沒有信心，可以打開手機裡儲存的MP3跟著念。

看完課本後將當天讀過的內容用手機拍照儲存，原文與譯文對照拍一張，譯文另外也拍一張。

在地鐵或休息室等零碎時間打開手機裡的照片，看著譯文回想英文。若想不起來，可再回頭多讀幾遍雙語對照的部分，然後再看著譯文背誦。近年來多虧智慧型手機的發明，讓我們不用帶書和CD播放器也可以隨時隨地學英文。

3.走路的十分鐘

從地鐵走到公司的路途中可以戴上耳機反覆聆聽當天的會話內容，並且跟著母語人士的錄音一起念出聲，假裝自己在跟外國人講電話。

4.睡前十分鐘

　　睡覺前對今天背的句子做最後確認。你可以規定自己沒有背完一課就不准睡覺，這樣白天的時候說不定會為了早點上床而更認真地背誦呢！

不要臨時抱佛腳，
應該一有空就學習

> 我們學語言不是為了應付第二天的考試，而是為了有一天能夠流利地說英語。

　　防衛兵下班後只有三個小時可以拿來讀書，當時我的英文怎麼能突飛猛進呢？答案就在《如何學習》這本書裡頭。

　　這本書的副標寫著「認知心理學最新研究出的成功學習法則」，也就是教你如何把書讀好。認知心理學是探討精神作用方式的基礎科學，做各種科學實驗來驗證認知、記憶、思考方式。書的封面還寫「大部分的人都用錯誤的方式學習」，很多人以為一整天花十個小時坐在書桌前把一本書讀得滾瓜爛熟就能考到好成績，殊不知那是錯誤的學習方式。大部分的學生都把重點放在「接收資訊」（input），然而記憶力的本質並不

是接收，而是反覆在腦中「擷取資訊」（retrieval）。

還記得當兵的時候，我負責夜間輪班站崗，一天十二個小時守在電話總機旁邊，而晚上通常沒有電話打來，我就只能盯著交換板發呆，工作期間我總不能把書拿出來看吧？但實在是太無聊了，所以我就努力回想上班前背好的英文句子，自己一個人大聲地念出來。有時候怎麼也想不起來，因此我就準備了一張手掌大小的小抄，在上面寫下英文和韓文的關鍵字。我會先看英文關鍵字來背，等背熟了之後再看韓文關鍵字來回想英文，最後我已經熟到只要看第一個單字就可以很順口地把整課背出來。一天背十句英文很簡單，持續一個月就能背三百個句子，一年就是三千六百句，但實際上我背得更多，因為越到後面越容易記。為什麼呢？因為你前面已經累積了很多句子，到後面就相對容易了。《如何學習》這本書詳細說明為什麼我當兵的時候能夠把英文背得爛熟，我在此將學習的祕訣整理如下：

1.擷取練習

比起看好幾遍書，不如看一遍之後試著回想內容。背英文的時候不要一邊看課本，應該移開視線或閉著眼睛背誦。你也

可以給自己一個默寫小考，不但有助長期記憶，還能讓你重新確認不懂的地方，讓學習更有效率。

2.間斷式複習

把學英文想成是粉刷牆壁吧！無論你塗再多層的油漆，時間久了都會褪色，所以與其塗好幾層，不如等顏色開始黯淡時再補漆，如此才能常保牆壁顏色亮麗如新。記憶新知也是一樣的道理，與其花很多時間熟背，不如等到記憶模糊或隔一段時間後多複習幾次，讓它長久留在腦海中。

3.交替練習

當我們背景知識越豐富，遇到新的資訊就越容易記住，那是因為新資訊和相關的舊資訊會互相連結，讓我們儲存和擷取記憶。背會話課本的時候，你可能會以為越到後面累積的句子越多、難度越高，更不容易記住，但其實恰恰相反，因為你記憶中已經有熟悉的表達方式，當它和新的句子產生記憶連結，記憶脈絡就自然形成了。

臨時抱佛腳或許容易成為短期記憶（只能讓你考前一天讀書而成績進步），但對長期是沒有任何幫助的。（所以臨時

抱佛腳不能用來應付大學入學考試，因為範圍太廣且考的是能力，無法用短期記憶一決勝負。）我們學語言不是為了應付第二天的考試，而是為了有一天能夠流利地說英語。臨時抱佛腳不會讓我們的英文進步，只有像是練習騎腳踏車和練習樂器般反覆練習，讓學到的東西儲存在長期記憶裡，我們才能隨時流利地說英文。

原來防衛兵服役期間是練英文的最佳時期，因為利用上班的零碎時間反覆擷取記憶，比坐在圖書館裡埋頭吸收知識還有效。身為上班族的讀者們聽了是不是很開心呢？只要運用工作的零碎時間來學習、一有空就進行間斷式複習，就能讓這段時間學到的東西成為你的知識海，你的英文或許會比在大學的時候更進步呢！

活用番茄工作法，
專心學英語

因為你持續地記錄學習成果，為了不讓日期看起來空了一天，你也會每天認真地學習。

　　《為什麼光整理就可以變有錢？》（尹善鉉著，台灣大田出版）一書中提到某個時間管理術 —— 番茄工作法（Pomodoro Technique），也就是以計時器計時二十五分鐘，在這段時間只專注在一件事上，面對任何事情的干擾都不為所動。據說會叫做番茄工作法，是因為發明人法蘭西斯科·奇里洛（Francesco Cirillo）在大學時期使用了番茄形狀的時鐘來做時間管理，而pomodoro就是義大利文「番茄」的意思。

　　人專注於一件事的時間頂多二十五分鐘，所以就算我們有一個小時可利用，也很難全神貫注於工作或學習，不是手機傳

來簡訊，就是SNS發出提醒，眼睛雖然盯著電腦螢幕，但靈魂都不知道飄到哪兒去了，因此想要提升時間的使用效率，就必須讓二十五分鐘都專心做一件事情。

廚師煮義大利麵時常常用到計時器，因為義大利麵條好不好吃的關鍵就在於時間的掌握，煮過久會太爛，太快起鍋麵條還沒熟。同理，工作的時間掌握也很重要，過度的休息造成拖延，超時工作又不利工作效率，因此我們可利用二十五分鐘的專注力極限作為標準，設定二十五分鐘後響鈴，接著立刻開始工作或學習。這段期間不論發生任何事，在響鈴之前都不可以中斷手邊的任務，等鬧鐘響了再給自己五分鐘的徹底休息並釋放壓力。

我們可以用番茄工作法將日常工作切割為二十五分鐘一個單位，每二十五分鐘又稱為一顆番茄，通常處理事情需要兩個小時的話，就會配給它四顆番茄。也就是說，只要工作二十五分鐘、休息五分鐘，如此重複四次就能把工作完成。每四顆番茄結束後，應該有一次二十分鐘的長期間休息，你可以利用這段時間確認手機訊息、滑一滑SNS，這就是所謂的番茄工作法。

上班族要實踐番茄工作法並不容易，畢竟主管突然有事或接到工作相關問題時，總不能對他們不理不睬吧？不過上班

族很適合在零碎時間用這個方法來學語言，因為學語言的重點在於模式轉換，也就是把自己切換到英文思考模式。假設當你正在背英文句子時突然來了訊息，查看訊息或回信就會打斷專注力，因此我建議大家用番茄工作法來確保一段不被打擾的時間，最理想的時段就是下班後半小時和起床後半小時。

用番茄工作法學英文時，你得先把手機轉成飛航模式讓訊息和SNS不跳出來干擾你，然後將手機設定於二十五分鐘後震動提醒，接著專心地背誦英文句子，等結束後再將成果記錄在手機上。

三月二日 背英文會話第十七課課文

三月三日 學習英文會話第十八課內容

三月四日 背英文會話第十八課課文

你也可以把鬧鐘設定成每天固定時段啟動，如此一來就能培養定期學英文的習慣。此外，因為你持續地記錄學習成果，為了不讓日期看起來空了一天，你也會每天認真地學習。這個方法就是為自己賺取時間的好習慣。

現在就試著一天用一次番茄工作法來專心學英文吧！

每天一行，賺得人生

我喜歡看自我開發類的書籍並且實踐書中的建議，尤其我又是個愛省錢的人，每次遇到跟賺錢有關的書都會特別留意。

我再介紹一個能賺錢又能賺時間的方法給各位吧！《一行家計簿》這本書裡談到一次一行記錄花費的方法，它非常簡單：

1. 選擇一項花費作為「節儉標的」。

2. 記錄下該項目的每次花費（一天只需花十秒）。

3. 至少一週，為期一個月（達成目標後，可自行決定是否持續記錄）。──《一行家計簿》（天野伴著，台灣商周出版）

我喜歡看自我開發類的書籍並且實踐書中的建議，尤其我又是個愛省錢的人，每次遇到跟賺錢有關的書都會特別留意。大家對錢的困擾不外乎「不知道為什麼身上的錢越來越少」「覺得存錢很難」「想要記帳和儲蓄，但試了很多次都無疾而終」等等，如果你有以上困擾，那我非常推薦試試看「一行家計簿」。

記錄一行家計簿時，你得先將日常生活中不起眼的花費如：買咖啡、買網拍……等消費習慣中選一個當作節約標的，當天將該項目的支出整理成一行寫下來。

二月十七日 City Cafe 六十元
二月十八日（無消費時，只要記錄日期即可）
二月十九日 星巴克一百二十元

第一個月你儘管按照平常的消費方式即可，假如花費是四千元，那麼第二個月的目標就設定為少花一千五百元，看是要減少上咖啡廳的次數，還是改喝比較便宜的飲品如美式咖啡，接著把省下的一千五百元另外標記在帳簿裡。這個方法的終極目標就是省下更多的錢，假使一年省下了一萬五千元，你可以拿這筆錢去旅行或是給自己一個獎賞，當然，把它存下來更

好，因為日後你可以拿它做更大的用途。

　　我有一陣子愛上了星巴克的焦糖星冰樂，然而某一天我驚覺咖啡價格實在太不划算了，因為以前喝咖啡是包含店內占位的費用和服務費，然而近年來都是自取，離開時也是自己收拾空杯，外帶甚至根本不占位子，所以我就改變自己的習慣，吃完午餐不去咖啡廳而是到公司附近的公園散步，非得和大家一起去咖啡廳時我也只買礦泉水，因為它最便宜。有時候我乾脆帶著自己的水瓶安靜地在一旁喝水。當然，如果有人要請客我一定點星冰樂，而且還是大杯。如此節儉省下的錢我就拿去買書或是旅行。

　　開始寫一行家計簿之後，就能避免錢像流水一樣浪費掉。後來我運用這個技巧省下了許多零碎時間。

持續一天一行的學習法

一個人下定決心靠自己改變人生時，就意味著他的新人生已經展開。

　　我很喜歡「一行家計簿」能夠一目了然呈現出一段期間所省下的錢，這個方法相同適用於記錄學習進度。寫紀錄並不難，每天一行行累積下來，日後回頭看會發現它就是你的人生軌跡，好比在沙灘上不知不覺留下了連綿不絕的腳印，回頭看才驚覺原來自己已經走了這麼長的距離。我們的足跡其實就是人生，一天一行看似不起眼，但累積起來就是一個人的人生。想不想在網路上分享這些紀錄呢？

　　我的部落格常有人留言說想學英文卻擔心自己三天打魚兩天曬網，其實你大可不必因此而覺得丟臉，因為很多人都是嘴

巴說說，但實際上下不了決心。如果怕自己只能撐三天，那就每三天重新下定決心不就好了嗎？三天過後半途而廢，那就過幾天再重新開始，如果再三天後又放棄，再重新開始！

我認為一個人下定決心靠自己改變人生時，就意味著他的新人生已經展開。比起中途放棄，更糟的是害怕半途而廢而遲遲不敢下決心，因為這樣的人根本不相信自己。人生最悲慘的不是別人不相信我，而是連自己都不相信自己。

不要擔心半途而廢，先試了再說！

坦白說，要實現對自己的諾言很難，但如果是網路上公開的諾言，通常會因為在乎別人的看法而更容易持續下去。我每天都會在部落格發表閱讀日記，這就是網路諾言的力量，畢竟每天都有人來看我的部落格，想要偷懶一天都不行。

如果想讓自己學英文更有毅力，不妨藉助社群媒體的力量，例如在臉書或instagram、推特上發表一行當天的英文學習紀錄並請朋友為你加油，如此一來你會更容易堅持下去。

如果你不好意思在網路上公開留下紀錄，請偷偷跟我說，讓我來幫你吧！我會在部落格「天下有白吃的午餐」為你開設「留言部隊募集公告」，請你在下方留下自己一週背英文的進度。只要用匿名帳號發言，就算中途放棄也不會覺得丟臉，因為沒有人知道你是誰。

在公開的空間發言，不僅是對世人的宣言，更是對自己的諾言。有時候我會邀請連續記錄一百天的網友出來吃飯或喝杯咖啡，他們身上彷彿散發著某種氣場，我猜那應該是他們努力不懈想要變得更好而產生的自信心吧？各位想不想也來挑戰留言部隊呢？

六個月變成外語神人的方法

《PPSS》*曾在某個部落格中介紹——《TED》演講，標題是「六個月內誰都可以掌握一門外語」。這是有可能的嗎？若你對演講完整內容有興趣，可以參考以下YouTube連結：

https://youtu.be/d0yGdNEWdn0

學外語的兩大迷思

第一、認為學語言必須具備天賦，然而事實上天賦不是必要條件，只要用對方法任何人都能學得好。

第二、認為一定要到當地才能學好該語言，但在香港生活幾

---

* 譯註：韓國的網路雜誌，介紹商業、時事、文化、科技、生活等資訊。

十年的英國人還是不會半句中文，就是因為人們誤以為只要把自己丟到外語環境下自然就能通曉外語。其實不論在哪裡，只要知道學習的方法，六個月就能掌握一門外語了。

以下是講師教大家如何學外語的五大原則：

1.把重點放在與自己息息相關的語言內容上。

（Focus on language content that is relevant to you.）

　　用外語自我介紹、描述喜歡的事情會讓你更有學習動力，建議把焦點放在自我介紹、興趣、想達成的目的上，例如學習旅遊會話時先從「餐廳在哪裡」「出口怎麼走」「多少錢」等等在當地最有用的內容開始學起，畢竟你不可能跟一個初次見面的人討論CNN新聞或《TIME》雜誌裡出現的外交議題吧？先從使用頻率較高的內容開始，學習效率才會提升。

2.從第一天開始就用新的語言作為溝通工具。

（Use your new language as a tool to communicate from day 1.）

　　我們有可能在學外語的第一天就開口說話嗎？有的，只要把初級會話背起來就有可能達成，因為你可以拿背好的句子現學現賣。要是以為得先學好文法、背好單字才能交流，那你可能永遠

都開不了口。記住,學外語的第一天就得開口說,你只要把會話內容背得滾瓜爛熟,第一天肯定就能表達自己了。

3.當你首度理解訊息的那一剎那,你便不自覺地習得了該語言。

(When you first understand the message, you will unconsciously acquire the language.)

　　不要因為聽不懂對方說的每個細節而感到挫折,你只要能聽懂其中幾個單字其實就算是掌握意思了,別太在意文法或艱深的單字。語言是溝通的工具,只要懂意思就能交流。學語言的目的是要把自己會的內容組合起來,然後盡可能把想法傳達出去而已。

4.學語言不是學知識,而是生理的訓練。

(Language learning is not about knowledge. But, physiological training.)

　　學外語是一種生理上的訓練,你得專心聽、震動聲帶、發出聲音,重點是利用不斷開口來訓練發聲肌肉,而不是用大腦去鑽研文法書。

5.身心狀態最重要。

（Psycho-physiological state matters.）

　　沒有人是完美的，如果想要一字不漏都聽懂、字字句句都講對，那你大概很快就會倦怠了。學語言心態應該放輕鬆，聽懂多少算多少，講得出多少算多少，就像「三美超級巨星」*一樣，打不中的球就別打，接不到的球就別接。

【快速習得外語的七大行動】

　　1.多聽（Listen a lot）：這是學英文的王道。

　　2.先了解意思，不要老想著單字（Focus on getting the meaning first before the words）：不要鑽研單字，應該多下工夫去掌握整句的句意。

　　3.開始混和（Start mixing）：十個動詞×十個名詞×十個形容詞等於一千個句子，也就是說只要知道三十個單字就能組合成一千句，例如只會「我、你、在」，也能說出「你在我心裡」這種令人陶醉的情話。

　　4.重點放在核心（Focus on the core）：只會三千個單字其實就能應付百分之九十八的日常會話，把焦點放在最基本的單字和句子上吧！

　　5.交一個像父母般能簡單解釋給你聽的朋友（Get a language

---

* 譯註：以韓國仁川、京畿道、江原道地區為主場的職業棒球隊。

parent）：找一個對你就像對待牙牙學語的孩子般充滿耐心、懂得聆聽的「語言家長」，無論你說得再差他都能明白，並且總是給你正面回饋。

6.模仿說話者的表情（Copy the face）：說話時會帶動臉部肌肉，因此想要擁有自然的發音和語調，最好的方式就是模仿說話者的面部表情。

7.直接聯想畫面（Direct connect to mental images）：背誦任何一個情境對話時，請先在腦海中想像它的畫面。閱讀時不僅僅用眼睛看，還要想像說話者的表情、彼此所處的情境，這樣背起來才會更輕鬆。

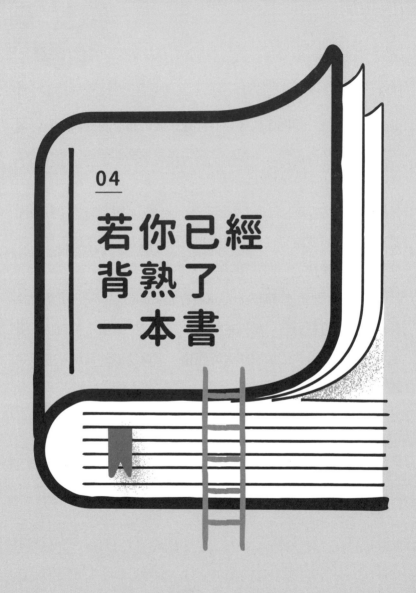

04

若你已經
背熟了
一本書

Steve Jobs, Bill Gates and Mark
Zuckerberg didn't finish college. Too
much emphasis is placed on formal
education - I told my children not to
worry about their grades but to enjoy
learning.

-Nassim Nicholas Taleb

邊玩邊學習

> 想要成為外語達人還是得實際跟人對話才行。想要認識一個願意花時間與你聊天的朋友，你得先親切待人且鍥而不捨地纏著對方。

有些人一聽要把英文會話課本整本背起來，第一個念頭就是「呼！一定要學得那麼痛苦嗎？」別擔心，不管學什麼，一開始總是比較辛苦嘛！等你背完了一本書，就可以邊玩邊學了。想要從初級躍升到中級，關鍵在於你必須經常練習學過的會話內容，並且增加新的表達方式。

1.跟外國人做朋友

背了會話讓你迫不及待打開話匣子了嗎？這時就該去尋找聊天對象了。託政府立志發展「觀光韓國」的福，現在要去明

洞找外國人變得容易許多，如果你不住在首爾，也可以試著去離家不遠的觀光景點看看。你可以自告奮勇當外國人的一日導遊，成為韓國的宣傳大使。你怕自己的破英文在外國人面前丟臉嗎？我敢打包票，十之八九你的英文比他們的韓文好上幾百倍。其實光是你願意學外語就是對非母語人士的善意了，所以你應該更肯定自己所作的努力才對啊！就像我們看到外國人學韓文，不也覺得很親切嗎？

以前我學日語，每次當背包客去旅行時，到了旅館我一定會問有沒有日本人入住。神奇的是，不管去世界哪個角落一定會遇到一、兩位日本人。知道旅館住了日本人，我就會帶著日本泡麵到公共廚房跟大家閒聊，日本旅客一出現我便上前搭訕，佯稱自己很愛吃日本泡麵但看不懂包裝上的說明，請他教我怎麼煮。這麼一來我就有了日本朋友，也順便練習日文。

不論你的外國朋友是在首爾的明洞商圈或是曼谷的考山路認識的，你都可以輕鬆利用臉書、FaceTime、Skype來保持聯繫。現在這個時代真好，有了外國朋友就能免費學外語。學外語的過程中一定得結交外國朋友，因為初級會話可以自學，但是想要成為外語達人還是得實際跟人對話才行。想要認識一個願意花時間與你聊天的朋友，你得先親切待人且鍥而不捨地纏著對方。

2.享受文化

　　學語言最大的樂趣之一就是直接用該語言來享受當地的文化。我學日文時最喜歡在地鐵上看《鋼之鍊金術師》《火影忍者》《海賊王》之類的日本卡通了，不僅內容有趣又可以同時練日文。我去日本旅行一定會去舊書店買漫畫，當然絕對少不了尚未翻譯成韓文版的新刊。以前不像現在有這麼好的機會免費學外語，當時想學英文只能看AFKN，想學日文就要去釜山看日本電台，但現在美劇、日劇隨你愛怎麼看就怎麼看，而且上網就能搜尋到一大堆的英文、日文資訊，像我現在就用美劇和流行音樂學英文，看卡通和漫畫學日文，用大陸劇或台劇學中文。簡而言之，語言可謂探索外國文化的第一道門檻。

　　從世界的角度看韓文，它是屬於少數民族使用的第三世界語言，只有我們的文化是用韓文形塑成的，外國人想看韓劇或唱K-POP都得學韓語才行。然而使用英文的國家超過八十個，只要你能精通它，你所能觸及的文化圈就會拓展成全世界，可見「享受文化」不但是學英語的方式，也是學英語的目標。

3.懷抱一個令你開心的夢想

　　最後我想建議大家的是「懷抱一個令你開心的夢想」，因為初級會話大家都辦得到，但是想要成為外語達人就必須熬

過漫長的中級階段，這時候你需要的是一個正面的動機。如果你的動機是負面的，例如擔心考不上理想的大學、求職考試落榜、工作升不了官，你很有可能因為壓力大而輕易放棄，因此想要持續學英文而不倦怠，你必須賦予自己正面動機，懷抱一個令人開心的夢想！

我學英文的目標是為了環遊世界，學中文是因為希望將來有機會去中國合拍電視劇，而學日文的動機則是想拍一部大紅大紫的韓劇，為什麼呢？我常常幻想我的戲在日本大受歡迎，我會飛到日本在一大堆日本粉絲面前直接用日文接受媒體採訪！如果學語言的背後有一個令你心動的夢想支撐著，你就不會感到倦怠，能夠一步步邁向外語達人之路。

閱讀資源的寶庫
──兒童閱覽室

長大後所具備的能力其實是送給小時候自己的禮物，
現在我能看得懂原文書，不就是長大成人的喜悅嗎？

　　我喜歡陪孩子去社區的圖書館，她們在兒童閱覽室看書，
我則徘徊於英文圖書區。最近社區圖書館做得真不錯，連兒童
閱覽室都有不少英文書，這都得歸功於教育狂熱主婦們的力
量，因為她們為了提升孩子的英文程度，拚命向圖書館薦購原
文書。

　　我推薦大家可以讀《小婦人》（Little Women）的原文
書，雖然有點厚但畢竟是經典，如果你小時候讀過翻譯本，這
次不妨挑戰看看原文吧！第一章就是「小婦人們」七嘴八舌在
聊天，像這樣很少情緒和場景描述、多為對話的小說很適合拿

來練習會話，但可惜的是裡頭有些用語已經不合時宜。

如果想學簡單的現代英文用語，我推薦像《A to Z Mysteries》之類的兒童系列讀物，優點是用字簡單，但不會因為是初級英文就不值得一讀，然而該說美中不足的地方就是故事比較幼稚吧？想要練習會話，我會比較推薦讀童書而不是《TIME》。

若你想要簡單但又不失成熟風趣的讀物，我覺得《遜咖日記》（Diary of a Wimpy Kid）系列還滿有趣的，裡頭的插畫能幫助你更快理解，此外它也被翻拍成電影，你不妨先看完電影再來讀。

如果是要念英文書給孩子聽並同時練習發音，我會推薦適合當孩子睡前讀物的《蘇斯博士》（Dr. Seuss）系列，它就像美國兒童版的板索里（韓國的傳統說唱藝術），因為內容念起來富有韻律感和節奏，是個不錯的朗讀教材。蘇斯博士的故事有許多被拍成電影，你可以和孩子一同觀賞。

另外，你也可以重新拾起小時候讀過的《長襪皮皮》（Pippi Longstocking）或《愛心樹》（The Giving Tree）等書，當作是一邊回味一邊學英文。這些書在圖書館的兒童閱覽室英文書區都找得到（沒有的話就去申請推薦購書吧！我們的舉手之勞能讓館藏更豐富）。

還記得讀小學的時候，某天我放學回家發現校門口出現了一輛陌生的流動攤販，賣的是我從未吃過的炸吐司，看起來好好吃。它一份只要五十元韓幣，但當時我一天的零用錢只有十元韓幣。十元在那個年代已經可以買一包「拉麵國」了（類似台灣的小包王子麵），而炸吐司畢竟是新品，在當時算是相當奢侈的點心。為了吃它，我從那天起就開始存錢。

　　終於到了第五天，我一放學就抓著五十元衝到校門口，卻不見小販的蹤跡。我抓著五十元大街小巷地找，還是沒找到老闆的身影，最後我沒吃到炸吐司，我的童年也就匆匆地結束了。因為錢不夠而吃不到炸吐司的遺憾到現在還讓我印象深刻。

　　如今拍戲時，我只要一看到賣炸吐司的攤販就一定會去買來吃，助理見狀驚訝地問：「您餓了嗎？要不要我去給您買些吃的？」

　　「我不餓，這只是要送給小時候自己的禮物。」

　　長大後所具備的能力其實是送給小時候自己的禮物，例如長大後回到圖書館兒童閱覽室讀一讀小時候還看不懂的書。現在我能看得懂原文書，不就是長大成人的喜悅嗎？我每週一定會帶著女兒一起去圖書館，因為能在兒童閱覽室為女兒念書，是我從前夢想中身為人父的樣子。

閱讀英語小說，
會話突飛猛進

只要習慣把幾個單字組合一個意義段落，並且以意義段落來了解意思，你讀書的速度自然就會變快了。

冬天晚上在外頭拍電視劇外景真的很辛苦，為了趕走瞌睡蟲、驅除寒意，有人就問了這個問題：「如果能擁有一項超能力，你們想要什麼樣的能力？」

助導說：「我想要瞬間移動，這樣我就可以睡到早上六點五十五分，然後七點突然『鏘鏘鏘鏘』出現在拍攝小巴上。」

一旁的燈光指導說：「我想要念力，這樣我就不用在大冬天裡還要一直搬電線、移動照明，用念力把它們放在想要的位置就好。」

選景導演則想要千里眼，這樣他就能遙望千里不用到處找

場地了。執行導演希望能有讀心術，PD不開口就能先知道下一個場景應該要準備什麼東西。我們聊了好一會兒，突然間覺得憂傷。可惡，這些超能力怎麼都跟工作有關？

曾經有人問世界首富比爾‧蓋茲說：「若能擁有超能力，您想要什麼樣的能力？為什麼？」

比爾‧蓋茲說：「活久一點？」一旁的華倫‧巴菲特幽默地說：「那有什麼樂趣？」於是比爾‧蓋茲改口為「read books super fast」，也就是速讀的能力。巴菲特接著附和說：「比爾看書真的很快，比我快三倍。我讀得慢，等於落後人家十年。」

比爾‧蓋茲看書速度快，但事實上巴菲特的閱讀量也不容小覷，據說他十六歲就已經看完了上百本商管書籍，閱讀量比一般人多五倍，他們透過閱讀培養出來的洞察力支配著資本主義世界。閱讀量如此龐大的人居然還想要速讀，未免也太貪心了對吧？

我看書也很快，我曾經思考自己為什麼能看得這麼快，原來是拜學習英文所賜。我看書不是一個字、一個字地看，而是一次掌握由多個單字結合成的意義段落，我之所以會把多單字串起來讀，也是當初為了背英文句子所養成的習慣。

我用《哈利波特：神祕的魔法石》來舉例給各位聽吧！哈

利與妙麗發現魔法石的祕密後撞見了海格，海格一副有所隱瞞的樣子慌慌張張地離開了，於是妙麗就問哈利：

"What was he hiding behind his back?"

"Do you think he has anything to do with the stone?"

"I'm going to see what section he was in."

"Dragons! Hagrid was looking up stuff about dragons! Hagrid's always wanted a dragon, he told me so the first time I ever met him."

「他背後藏了什麼東西？」

「妳覺得他會不會跟魔法石有關？」

「我去看看他剛剛在哪一個書區。」

「龍！海格剛才在找有關龍的書，他一直很想要一隻龍，我第一次見到他時，他就是這麼告訴我的。」──《哈利波特：神祕的魔法石》（J.K. 羅琳，台灣皇冠出版）

附帶一提，如果你想看小說來訓練會話，敘述的部分可盡量跳過，把重點放在對話上，這樣才能加快學習速度，因為只

看對話也可以了解大概的劇情，而且對話看多了，英文會話自然就會進步。現在我們來背背看上面的對話，試著將它分成如下的意義段落：

What was he hiding 他藏了什麼？／behind his back? 背後
Do you think 你覺得／it had anything to do with 有關係
／the stone? 那顆石頭？（魔法石）
I'm going to see 我去看看／what section 哪一區／he was
in. 他曾在Dragons! 龍！／Hagrid was looking up 海格剛
剛在找／stuff about dragons! 跟龍有關的東西／Hagrid's
always wanted a dragon, 海格一直想要一隻龍／he told me
so 他這麼告訴我的／the first time 第一次／I ever met him.
我見到他的時候

首先你得先大聲念個幾遍，接著把下面的背誦技巧寫在小抄上。

藏了什麼？背後。你覺得？有關，與石頭？我去看，哪一區。他曾在。龍。海格剛在找的東西，跟龍有關。

用意義段落的方式來背句子，讓你更懂得怎麼去運用，造句時只要拿原本背過的意義段落當架構，再依照情境填入合適的單字，新的句子就完成了。接下來我們就拿小說裡的對話實際演練看看吧！

What was she hiding / under the table?

她藏了什麼／在桌子底下

Do you think / it has anything to do with / Korean TV drama?你覺得／與此有關／韓劇

I want to know / what film she is interested in.

我想知道／什麼電影她有興趣

She was looking up / stuff about cosmetics. / She always wanted a fair skin, / she told me so / the first time I ever met her.她曾在找／有關化妝品的東西／一直想美白／她這麼告訴我／第一次見到她時

她藏了什麼在桌子底下？

你覺得這個和韓劇有關嗎？

我想知道她喜歡什麼電影。

她曾在找有關化妝品的東西。她一直想美白，我第一次見

到她時，她就是這麼告訴我的。

只要習慣把幾個單字組合一個意義段落，並且以意義段落來了解意思，你讀書的速度自然就會變快了。

你很好奇要怎麼做才能獲得連比爾‧蓋茲都想要的超能力嗎？那麼平時就多閱讀、多背英文句子吧！然而書看得快、看得多，就能像比爾‧蓋茲和巴菲特一樣富甲天下嗎？以我自己來說，也不過變成了能快速掌握劇本內容的電視劇PD而已。我從小的夢想是能賺錢買一堆想看的書，世界首富比爾‧蓋茲不也是夢想能看更多的書嗎？要看書，我們不必當上富豪也能徜徉在圖書館的書海裡。我希望將來退休之後可以成天泡在圖書館裡看書，如果人生中還有比這件事更想要的，那就是貪心了吧？

電視劇裡的人生啟示

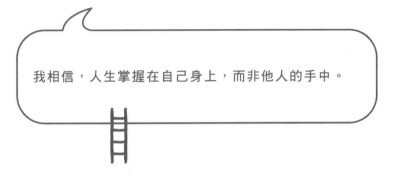

我相信，人生掌握在自己身上，而非他人的手中。

　　PD為了訓練執導能力，常常需要參考美劇和日劇，有時候看到不錯的作品不免有種深深的挫敗感，例如《冰與火之歌：權力遊戲》。看《魔戒》的時候只覺得「好萊塢電影嘛！不意外」，沒想到這部電視劇的精緻程度已經可以打臉電影。首先，它的原作小說本身就是一部重量級作品，其龐大的體系和世界觀讓電視劇更膾炙人口。看過小說再來看電視劇有可能會失望，但如果你是劇迷，我敢保證回頭看小說一定會覺得劇情更豐富。

　　我已經看過《權力遊戲》的原文電子書版，有人說電子書

比不上紙本書的手感，然而我認為電子書有它本身的優點，像我在iPad上有電子書閱讀軟體「iBooks」，在Galaxy Note手機上也安裝了「RidiBooks」[*]，坐地鐵的時候用手機看，回家則用iPad閱讀。RidiBooks可以同步閱讀進度，在不同的裝置上都能從最後儲存的地方開始看，非常方便。電子書還可以複製內文進一步搜尋，閱讀途中遇到不懂的單字隨時都能複製起來貼到網路上查詢。

我最喜歡《權力遊戲》裡的「小惡魔」提利昂·蘭尼斯特和史塔克家族的庶子瓊恩·雪諾，他雖為領主的兒子，但卻身為庶出且母親身分不詳，只要聽到有人叫他「bastard」（私生子）就會情緒失控。近年來「bastard」是一個很常見的髒話，原本的意思是庶子，也就是小妾或婢女所生的孩子，瓊恩·雪諾的命運就好比在父親面前不能喊爹的洪吉同。提利昂對他說：

"Let me give you some counsel, bastard." Lannister said.

"Never forget what you are, for surely the world will not.

Make it your strength. Then it can never be your weakness.

---

* 譯註：韓國的電子書購買平台RidiBooks所發行的應用程式。

Armor yourself in it, and it will never be used to hurt you."

「我給你個忠告吧！」蘭尼斯特說。「永遠別忘了你是私生子，因為世人不會忘。把它變成你的優勢，它就不會再是你的弱點。用它來武裝自己，別人就不能拿它來傷害你了。」

演講時我若自嘲外表逗聽眾開心，有些人就會問：「您並沒有那麼醜，為什麼總是開自己玩笑？」聽了我好感動，原來這世界上真的有天使！高中的我長得其貌不揚，不僅又瘦又黑，嘴唇也很厚，下巴還帶了燒傷的疤痕，我還因此被說是班上第一醜。青春期的我因為在意外表而變得畏畏縮縮，逃不出被同儕嘲笑的地獄，因為我越是生氣他們越覺得有趣。其實最好的處理方式是置之不理，但當時年紀小，不可能說不在意就不在意。

我以為考上首爾的大學、不再遭受大家排擠，我就不會那麼在意外表了，然而聯誼時我頻頻被拒絕，我又開始意識到自己的外表而又變得膽怯，心想自己真的那麼醜嗎？後來我才知道，那些嘲笑我的人早就不存在了，現在是我自己在傷口上撒鹽。原來醜不是因為人家嘲笑才醜，而是因為自己一直放在心上才成了真正的醜八怪。我明白別人的嘲笑是種傷害，但自嘲

卻能成為笑料，一切端看你想要成為一個不幸被排擠的醜人，還是成為一個快樂的小丑。我相信，人生掌握在自己身上，而非他人的手中。

某天首爾市區下起大雪，有位視障人士問我地鐵該怎麼走，剛好我是同個方向，於是我就讓他扶著我的手臂跟著走。他說：「看來雪下很大呢！」

「是啊，這種天氣地面很滑，走起來應該很不方便吧？」

「地面滑反而好，因為我的腳底觸覺很靈敏，然而因為我是靠明暗來辨認形態，所以下雪時整個世界都變成一片白，路就不好認了。」

「雖然你眼睛不方便，但認路依舊難不倒你呢！」

「老天爺眷顧，雖然我失去了視力，但其他的感官卻很靈敏，我都是用腳底來找路的。」

看了這位視障人士爽朗的笑容，我頓時覺得相當羞愧，其實人生的不幸絕非身體的不便，而是心中的不滿，我好手好腳的，何必自尋煩惱呢？

到頭來，一切都是心態的問題。我把小說《權力遊戲》中出現的英文對話謄寫到筆記本中並大聲朗誦。

Never forget what you are, for surely the world will not. Make it your strength. Then it can never be your weakness. Armor yourself in it, and it will never be used to hurt you.

　　讀原文小說學英文時，你可以把名言佳句抄寫在筆記本中，成為一本你專屬的英文名言集。出國旅行遇到美國朋友，不就可以跟他聊聊美劇《冰與火之歌：權力遊戲》了嗎？告訴對方你很喜歡提利昂‧蘭尼斯特的某句台詞，然後背給他聽，這可是練習英文、勵志心靈、結交朋友的絕佳方式呢！

培養英文閱讀習慣的好讀物
——《讀者文摘》

《讀者文摘》體積小方便攜帶，排版也很適合閱讀，而且近年來你不需要到舊書攤尋寶或上圖書館，也可以到手機版網站閱讀整本月刊。

　　我小時候很喜歡看美國雜誌《讀者文摘》（Reader's Digest），其中我最喜歡「幽默集」這個專欄，它有點像廣播節目《兩點出逃 Cultwo秀》中「故事珍品名品」單元的文字版。心情不好的時候最有效的調劑就是笑話了，小時候我心情不好就會去圖書館，在裡頭可以盡情地翻閱《讀者文摘》，當時我看了許多笑話，這麼說來我小時候似乎挺憂鬱的呢！

　　《創造未來的圖書館》（菅谷明子著，李真英、李淇淑譯，知識旅行出版）這本書的原標題是「New York Public Library」（紐約公共圖書館），書中提到了這個故事：二十世紀

初有一位以發行雜誌為夢想的窮困年輕人，名叫德威特・華萊士，他常常到紐約公共圖書館的期刊室閱讀報紙和雜誌，終於在一九二二年，也就是他三十三歲的時候實踐了夢想。他從知名雜誌中精選幾篇報導和文章，濃縮編入口袋大小的月刊中，好讓讀者隨時都能輕鬆享受閱讀之樂，這本月刊就是《讀者文摘》。雜誌成功後，他捐了鉅款報答當初支持自己夢想的圖書館，因此紐約公共圖書館才有了「德威特・華萊士定期期刊室」。

　　英文版的《讀者文摘》很適合拿來培養英文閱讀習慣，它不僅網羅各個報導的重點內容，還收錄了一般讀者的投稿，讀起來相當有趣，而且內容簡單，我推薦大家可以拿來練習英文閱讀。以前在龍山美軍部隊前的舊書攤常能買到廉價的英文版《讀者文摘》，它不像時事週刊那樣有時效性，就算過期依舊能看得津津有味。《讀者文摘》體積小方便攜帶，排版也很適合閱讀，而且近年來你不需要到舊書攤尋寶或上圖書館，也可以到手機版網站閱讀整本月刊。

● **《讀者文摘》官方網站**

www.rd.com

首先，瀏覽所有的分類並找出你有興趣的類型。

● 《讀者文摘》日常建議

www.rd.com/advice/

這裡收錄了許多日常生活的小建議，生活上我們總是需要別人提供意見對吧？比起朋友或上司的批評指責，自發性地尋找忠告更容易產生同感。對於心靈受過傷的人來說，這裡可以說是很好的療傷處。

● 創意人在做的事（報導）

www.rd.com/health/wellness/things-creative-

people-do/

這是一篇有關《如何培養創意》這本書的重點整理報導，《讀者文摘》最棒的地方就在於它的重點歸納，這是它一直以來最擅長的！

● 愛情電影推薦片單（報導）

www.rd.com/culture/romantic-movies/

你可曾因為懶得上電影院只想賴在家裡下載影片來看，卻不知道要看什麼嗎？這時候你可以參考它的片單，裡面很多精華資訊都能在約會時派上用場！

● 攜手五十年的恩愛夫妻告訴你如何擁有幸福婚姻（報導）

www.rd.com/advice/relationships/marriage-advice- 50-years/

要如何才能維持幸福的婚姻生活呢？這篇報導告訴你白頭到老的祕訣，這難道不是擁有幸福人生最受用的忠告嗎？

想練習英文閱讀卻臨時找不到合適的書籍時，不妨將手機版的《讀者文摘》加入網頁中我的最愛，即使只是利用搭地鐵的空檔拿出來看，也能對你的英文產生很大的幫助。

不要怪我嘮叨，我還是要再三強調好的習慣是學英文的關鍵。心情不好的時候，放下手機遊戲，改看《讀者文摘》的幽默集吧！英文笑話能提供良好的英文閱讀動機，因為當你不能理解笑點的時候，你就會燃起繼續增進英文能力的鬥志。

我很常看《讀者文摘》的幽默集，現在讓我來為大家介紹幾則笑話。

● 幽默集

www.rd.com/jokes/

1. A Canadian psychologist is selling a video that teaches you how to test your dog's IQ. Here's how it works: If you spend $12.99 for the video, your dog is smarter than you.

加拿大一位心理學家正在銷售一支能夠測試家犬IQ的影片，方法如下：如果你花十二點九九美金購買影片，就能證明你家的狗比你聰明。

2. I'm a dog trainer. Before I met with a new client, I had her fill out a questionnaire. One question asked, "Why did you choose this breed?" My client responded, "I often ask myself this very same question."

我是一位馴犬師，我在與新客戶見面前請她填寫了問券。其中有一題是「選此品種的原因是什麼？」我的客戶回答：「我也常常問自己相同的問題。」

（在婚姻諮商中心若詢問來談者選擇配偶的原因，通常也會收到相似的答案——「我也很好奇，我會什麼會選擇這個男人。」）

3. A dog goes into a bar and orders a martini. The bartender says, "You don't see a dog in here drinking a martini very often." The dog says, "At these prices, I'm not surprised."

一隻狗走進酒吧點了一杯馬丁尼，酒保說：「狗也會來喝馬丁尼啊！」狗說：「這樣的劣酒沒什麼好意外的啊！」

4. A burglar breaks into a house. He starts shining his light around looking for valuables. Some nice things catch his eye, and as he reaches for them, he hears, "Jesus is watching you." Startled, the burglar looks for the speaker. Seeing no one, he keeps putting things in his bag, again, he hears, "Jesus is watching you." This time, he sees a parrot.

"Who are you?" the burglar asks. "Moses," the bird replied. "Who the heck would name a bird Moses?" the man laughed.

"I dunno," Moses answered, "I guess the same kind of people that would name a Rottweiler Jesus."

一個小偷破門而入，他打開手電筒到處尋找值錢東西。當他看到了好貨正準備伸手去拿時，突然傳來一句：「耶穌正在看你。」小偷嚇了一跳，四處探看卻沒發現半個人影，他繼續搜刮，結果又聽到一句：「耶穌正在看你。」這回他看到一隻鸚鵡。

「你是誰？」小偷問。

「我是摩西。」鸚鵡說。

「哪個白癡把鸚鵡叫摩西？」小偷大笑。

「不知道，」鸚鵡回答並接著說：「應該是把羅威納叫做耶穌的人取的吧？」（聽說羅威納是超級凶猛的頂尖看家犬，那個小偷看來是見到主人了。）

5. A Twitter exchange between an angry customer and an apologetic Domino's Pizza:

Customer : Yoooo! I ordered a pizza and came with no toppings on it or anything. It's just bread.

Domino's : We're sorry to hear about this!

Customer : (minutes later) Never mind, I opened the pizza upside down.

這是達美樂員工和氣憤的客人之間的推特對話：

客人：去你的！我點了披薩，卻來了一張餅皮，啥料都沒！

達美樂員工：真的非常抱歉！

客人：（不久後）沒關係，是我把盒子倒過來開了。

英英字典 vs. 維基百科

就算再怎麼難的單字都可以用簡單的句子來解釋。

　　有人問我：「學英文要查韓英字典還是英英字典呢？」

　　一開始用韓英字典無疑是最方便的，但如果你想要好好學英文，我會建議查英英字典。

　　我瘋狂學英文的時候，搭地鐵太無聊還會一邊看朗文英英字典呢！英英字典不僅有趣，還讓我發現一件事——英英字典只用兩千個基本單字就幾乎能說明絕大部分的單字和情境，就算再怎麼難的單字都可以用簡單的句子來解釋。

　　《鄭在承的科學演唱會》（鄭在承著，Across出版）一書提到了「齊夫法則」，這是美國哈佛大學語言學家喬治K.・齊

夫所研究出來的規則，他計算了英文書裡出現的所有單字，發現使用頻率最高的字只占極少數，而其餘大部分的字其實很少被使用。也有人做過類似的韓文文本實驗，結果顯示只要懂得最常用的一千個單字，就能懂得韓文百分之七十五的內容。

難的單字相對地使用頻率低，因此我們不必硬著頭皮背難的單字，反而應該設法弄熟並活用簡單的字詞，這樣你的會話程度才能突飛猛進。其實你只要會一千個基礎單字就能應付一般的對話了，也就是說國高中所學的英文單字其實已經足夠。與其拿《VOCA22000》這種艱澀的書來學英文，還不如把英英字典裡的基礎動詞如「give」「take」的例句好好讀幾遍，因為英英字典的經典例句不僅簡單，使用頻率也非常高。要知道越簡明的東西越好，能化繁為簡才是真正的英文會話高手該追求的目標。

最近已經很少看到有人拿英英字典查單字了，朗文英英字典也已經絕版，原因是大家都用電子字典App或直接上網查單字，而令人懷念的朗文英英字典現在只剩下線上版本。

●**朗文英英字典www.ldoceonline.com**

過去要花錢買的東西現在上網就可以免費享用，這個時代還真好啊！

《動機，單純的力量》（丹尼爾‧品克著，台灣大塊文化）一書前半部寫道：

「我們來看這兩種線上百科：一個是世界最大軟體公司微軟網羅各領域專家編撰的百科全書，另一個是由數萬名一般人因興趣無償編寫的百科，請問哪一個在十五年後能獲得成功？」

我們現在已經知道微軟耗費鉅額投資的電子百科 Encarta 後來結束經營，而業餘愛好者貢獻一己之力打造的維基百科最終獲得成功，然而當年大家都沒預料到有償工作的人居然會輸給玩票性質做事的人。同樣的道理，往後那些輕鬆看 YouTube、《TED》、維基百科來學英文的人一定會比過去看英英字典、英文報紙、《TIME》雜誌的人還學得更快。

想查東西時，不妨打開「我的最愛」裡的英文版維基百科，用英文來搜尋。看到內文裡有藍色的連結都點進去看一看，你會發現光是探索維基百科裡各式各樣單字和辭條就非常有趣，還可以學會新的英文用法。別忘了，在未來的世界認真努力的人無法招架玩樂學習的人。

考好英文的祕訣

　　偶爾會有人問我如何在英文考試得高分，他們有些人對多益的文法或語彙還算有信心，但總是敗在聽力部分。其實語言的聽說讀寫是彼此息息相關的，然而為了應付考試，我們常常把語言依照考試項目分項訓練，遇到拿手的項目就因為簡單而經常練習，但困難的部分總是因為卡關而習慣跳過，所以強項跟弱項的差距才會越來越大。

　　一個題目設計良好的考試通常越到後面越難，不論是聽力還是閱讀，我們常常在最後面的高難度題目失分，然而不論是考哪

自學之神學習法

金敏植

一項能力，簡單的題目一定要全對才行，如果連簡單的都寫錯，你絕對拿不到高分。聽說讀寫有強、有弱不是因為語言學習出問題，而是因為你只知道要用考試的項目來讀書。

英文考試得高分的方法很簡單，那就是多看英文句子。當你句子看多了，看題目時就很容易發現不通順的地方，默念在心裡也覺得不順口，那就鐵定是錯誤的選項了。

之前我說自己讀英文就像在準備考公務員，某個人就問：「所以你也是一本精讀嗎？」

所謂的一本精讀就是選一本書重複看好幾遍，不論是刑法還是民法，通常公職考生只會選一本教材來讀，並把它看到滾瓜爛熟，至於其他參考書或課堂上學到的知識則另外謄寫在書中相關內容的空白處，只要看熟一本書，就能掌握考試的範疇。

很多人準備英文考試半途而廢，一遇到困難就怪環境、怪老師、怪教材，以為只要換一本書就會功力大增，但事實上剛好相反。為什麼呢？因為這些人永遠只看前面簡單的部分，後面難的

部分一直沒進度，所以不懂的還是不懂。這種學習方式只會讓你的桌上疊滿越來越多多益和托福的參考書，你的英文成績一樣不會有起色，因為後段出現的高難度題目才是左右成績的關鍵。

我會把一本書重複讀那麼多遍，也是當初法律系應考生建議我的。我一直重複讀，讀到一攤開課本就能立刻浮現該章節的內容。

我會在封面背後寫上複習開始和結束的時間，我發現花的時間一遍比一遍少。第一遍我花了幾個月，但到了第十遍已經像看小說一樣快速，隨便翻翻都是已經熟到不能再熟悉的內容，到了這個程度覺得特別充實！學習語言的重點在於重複，你必須把英文考試的教材從頭到尾看過好幾遍才能熟悉它的出題方式。

讀第一遍的時候用紅筆在生字底下注解，讀第二遍時畫重點，第三遍時用藍筆在旁邊寫下相關常用句。

我在大學時實行一本精讀法，但最有幫助的時候是在出了社會之後。一九九二年大學畢業後我考過幾次英文考試，一次是一九九四年準備口譯研究所，另一次是一九九六年應徵MBC電台。時隔多年考英文還真叫人緊張，不過我每次都是拿出之前精讀的參考書來複習。尤其是準備MBC公開招募的英文筆試時，我在前

　　一天花幾個小時就看完整本書了，因為以前已經讀過好幾遍，腦中都有印象，複習的時候就像翻小說一樣快。看完書我頓時覺得充滿自信，我相信不論遇到什麼考題我都不會慌。

　　如果你正在準備多益和托福考試，我會大力推薦英文一本精讀法，因為花時間反覆閱讀才是將知識完美吸收的祕訣。

05

持續快樂
學英語

Life is all about evolution. What looks like a mistake to others has been a milestone in my life. Even if people have betrayed me, even if my heart was broken, even if people misunderstood or judged me, I have learned from these incidents. We are human and we make mistakes, but learning from them is what makes the difference.

- Amisha Patel

想要學好英語，就要持續

如果閱讀的目的是學英文，那就讀簡單又有趣的書，不要找艱澀又厚厚一本的。

　　想要把一件事做得好必須長期投入，想要長期投入則必須享受過程。學英文也是相同的道理，要把一本書背起來，一開始無疑是困難的，然而一旦你成功了，就可以藉由英文盡情享受國外的大眾文化，例如看沒有字幕的美劇、在地鐵上看英文小說、用智慧型手機收看哈佛大學的英文課程等等。只要再堅持一下一切都能成真，我們一起加油吧！

1.會話：瘋美劇
　　為了拍攝《女王之花》，劇組一行人到台灣的高雄拍外

景，當時是由一位當地的女大學生擔任口譯。我問她在哪裡學的，怎麼韓文說得這麼好？她說自己很瘋韓劇，韓文都是從韓劇裡學的。像這樣的外語學習者很多，例如近年來電視上就常報導因為喜歡日本動漫《火影忍者》而說得一口流利日文，或是看YouTube而成為英文高手的例子。

已經打好英文基礎的人可以進一步利用美劇來豐富自己的詞彙，美劇很容易令人沉迷，一看就欲罷不能，反正學習本來就可以像玩樂一般嘛！一邊搭地鐵一邊看美劇也是在學英文啊！如果出現聽不懂的地方也不用太擔心，因為在網路上你隨時都能找到像《絕命毒師》《新聞急先鋒》等知名美劇的英文劇本，看劇的時候可以將它打開在一旁參考。

2.聽力：瘋英文Podcast

在電腦安裝iTunes或是在iPhone、Android手機下載Podcast App，就可以輕輕鬆鬆收聽英文有聲節目。Podcast和iTunes-U都很不錯，你可以在家裡免費收聽世界各大名校的課程，假使你很喜歡《正義：一場思辨之旅》（邁可‧桑德爾著，台灣雅言文化出版）這本書，不妨在iTunes搜尋「Justice with Michael Sandel」，就可以在自己的房間免費收聽哈佛大學法律系的演講。

我推薦初學者收聽Podcast的BBC廣播節目，美國無線電台NPR也有許多優質的節目可供選擇。Podcast上有許多專為外國人設計的英文初級會話廣播節目，建議大家可以上去尋寶。

看到iTunes上面有好多寫著「FREE」的免費資源，彷彿步入了天堂！只要學會英文，這麼多的東西都能免費使用。各位也快來學英文，盡情享受免費體驗世界各地文化的喜悅吧！

3.閱讀：瘋英文小說

如果你想要在相同時間達到最高學習效率，那我會推薦你閱讀英文小說，因為把看電視劇的時間拿來看小說，相較能接觸更多的單字和句子，而且相同的劇情之下小說使用的字彙比電影更加豐富，因此大家才會說先看小說再看電影通常會失望，然而先看電影再看小說失望的機率比較低。那麼該看什麼樣的小說呢？

你可以選擇已經看過電影且熟悉故事內容的哈利波特系列作為英文學習教材，就算你已經先看過翻譯本了，回頭再看原文依舊精采，各種魔法和魔法師名字的英文將會為你帶來另一種閱讀樂趣。因為你已經知道劇情，而且哈利波特系列原本就是青少年讀物，所以就算頁數多還是可以看得很快。除了《哈利波特》，還有《暮光之城》《飢餓遊戲》《魔戒》等系列，

光是翻拍成電影的科幻小說就足夠讓你挑了。

　　我不建議讀諾貝爾文學獎作品，學英文還是看有趣的通俗小說比較合適。比起莎士比亞，不如讀西德尼‧謝爾頓，因為這樣你才比較讀得下去。不要太在意單字的意思，你要在意的是主角的命運。如果閱讀的目的是學英文，那就讀簡單又有趣的書，不要找艱澀又厚厚一本的。讀的時候不鑽研生字，而是靠上下文掌握大意。如果看小說還要查字典，你很快就會想放棄了。別忘了，想要成為英文高手得先享受文化，別把自己累壞。

背膩了對話，就換流行樂吧

你得盡量去嘗試從未做過的事，給自己更多的第一次。

　　我這個人對什麼有興趣就想親自去嘗試。看到好笑的故事，我覺得自己說給別人聽更好笑。被動欣賞不是不好，但主動模仿帶給我的樂趣更多。流行樂也是一樣，我雖然愛聽歌，但我更喜歡自彈自唱。

　　高中的時候我只要愛上哪首曲子，我就會想學著唱，可惜當時沒管道能查歌詞。一九七〇～一九八〇年代有一本叫做《月刊流行樂》的雜誌，裡頭常刊載熱門新曲的樂譜，但我沒錢買雜誌，只好趁書店老闆不注意，偷偷把歌詞抄起來。從前學校附近的圓環就有三、四間書店，所以我就輪流光顧，第

一家抄第一段，第二家抄第二段，第三家抄副歌，苦苦求來一篇歌詞。每當老闆特別注意時，我就只好站著把歌詞背起來，再跑出來把筆記本抵在牆上默寫。現在要背歌詞，跟當年比起來實在是容易多了，只要在YouTube的搜尋欄裡打上喜歡的歌曲，後面再加個「lyrics」，就會跑出一堆伴唱帶版本的影片。

我有個美國朋友韓文特別流利，我問他怎麼學的，他說自己愛唱韓國流行樂，不知不覺就會了。當然我相信唱流行樂不是全部，但很顯然是有幫助的。當你背膩了對話，不妨交替著唱點流行樂吧！

這裡要強調一點！只用耳朵聽歌，英文是不會進步的！如果你聽了好幾十年的流行樂，大概已經察覺到了吧？要能跟著唱、背歌詞其實需要下工夫的，就像練習英文會話一樣。

讓我介紹幾個用流行樂學英文的學習要領：

1.練習自己喜歡的歌曲

首先，選擇一首你喜歡的歌並且重複聽幾遍，因為自己喜歡才會有動力，才會想要多聽幾遍、渴望跟著唱，這樣學習效果才會好。當你覺得有趣又有效之後再慢慢添加曲目，一週只要挑戰一首歌就好，要是一開始就貪心而選了一堆歌，反而會背不起來。

2.把整首歌詞列印下來

　　歌詞一行一行地出現在畫面上時，並不容易掌握整首歌的意境，所以請到Google用英文搜尋整首歌詞並列印下來，先閱讀並理解整首歌詞之後再來聽歌，這樣會更容易記住這首歌的意涵。

3.放感情去唱

　　我們常看到歌唱選秀節目的評審批評參賽者「只有技巧卻沒感情，不像在唱歌」。唱歌時應該試著模仿歌手的情緒，如此一來你自然也會模仿他的發音。語言本來就是情感表達的工具，所以唱歌要放感情，才能把語言傳達得更清楚。

4.登入YouTube，做好播放清單

　　你可以在智慧型手機登入YouTube帳號，把喜歡的歌曲放到播放清單裡。只要在搜尋欄位中打入喜歡的歌手名稱，後面再加上「lyrics playlist」，就會出現一堆影片了，接著把它們儲存到播放清單裡反覆跟著唱。你還可以在YouTube帳號中設定已經背過的歌曲清單，一有空就隨時複習。要知道，背過一次並不表示永遠記得，因此有空的時候就要像背英文句子那樣多多複習，這樣才會真正內化成自己的東西。

5.多唱給別人聽

這麼辛苦背下來的歌曲，一定要到KTV裡唱給朋友們聽，就像背完了英文會話，一定要在公司或對著路上的外國人現學現賣一樣。比起在路上搭訕外國人，在KTV唱歌應該簡單多了吧？快用你流暢的英文高歌一曲（只要反覆練習，任何人都能辦到。一旦把歌詞背起來就能唱得很順），感受朋友的掌聲和歡呼吧！學習所帶來的成就感是很重要的，當你心中燃起了自信心，你就更有動力挑戰下一首喔！

人們常說年輕時時間過得很慢，上了年紀卻覺得歲月如梭。為什麼呢？因為年輕時有太多的第一次，例如第一次約會、第一次接吻、第一次分手……這些記憶都會久久留在腦海中，而年紀大了因為很多事都經歷過，也就不太容易記得了，因此難忘的事情讓人感覺時間過得很漫長，印象模糊的事情則彷彿一眨眼就過去了。想要過得從容，祕訣就在於多多創造令你記憶深刻的回憶，你得盡量去嘗試從未做過的事，給自己更多的第一次。

如果你從來沒唱過英文流行歌，那就快趁這個機會試試看吧！這可是能令你快樂又能增進英文程度的好習慣唷！

大聲唱出來，複習更見效

把不想做的事交給身體，喜歡的事讓心去享受吧！

　　我是個愛恨分明的人，遇到喜歡的事情就一頭栽進去，而面對討厭的事連碰都不想碰。認真做自己喜歡的事是好事，但問題就在於勉強做討厭的事情真的是一種折磨。我最討厭的事就是洗碗。

　　我的父母都是老師，小時候他們沒空處理家事，用過的碗盤都要堆個好幾天才洗，我因為從小看到大，所以並不覺得碗盤好幾天沒洗有什麼大不了。然而我丈母娘很會做家事，因此我太太自然不能忍受碗盤堆積或家裡亂糟糟。剛結婚時我們還為此事不知吵了幾回，當我說：「難道不能三天再洗一次碗

嗎？」太太想當然氣得跳腳。在不同環境長大的兩人要一起過生活，有摩擦是必然的。

然而重點是負責洗碗的人是我，要我每天面對那麼討厭的事，該如何是好？既然要做，至少讓它變得有趣一點吧！所以我就在水槽前面放一台iPad，一邊看《TED》演講一邊洗碗。可是碗盤的碰撞聲總是讓我聽不清楚，想要回播漏掉的地方，手上戴著塑膠手套又很不方便。

後來我發現遇到像洗碗這樣單純的工作時，最好的方法就是播放已經看過好幾遍的影片並且跟著大聲念。我目前是登入YouTube並打開「中文歌曲」的播放清單，一邊洗碗一邊唱中文歌。我挑了六、七首長度約五分鐘的歌曲，按照順序放入YouTube的播放清單中，只要按下「全部播放」就可以收看三十分鐘的免費「唱歌學中文」課程啦！

我推薦正在學中文的朋友可以參考YouTube上的《金好英教你唱歌學中文》影片，多虧老師無私又親切地教我們發音、文法、句子解釋，我現在才能快樂地學習中文歌曲。當我一邊洗碗、一邊高歌〈朋友〉的時候，雖然身體在廚房的水槽前，但我的心卻好像飛到了廣闊的中國。這系列影片用簡單易懂的方式教大家怎麼唱〈甜蜜蜜〉〈月亮代表我的心〉〈朋友〉等耳熟能詳的曲子，如果學會了〈甜蜜蜜〉，就可以在旅行時跟

青年旅館認識的中國朋友一起喝酒唱歌了，保證很快就能熟絡起來。

這個方法同樣可以用在學唱英文流行歌上，只要打開YouTube的播放清單，找出這段時間背過的歌曲目錄並且按下「全部播放」，你就可以一邊看影片、一邊做事、一邊唱歌了！但記得，一定要是已經聽過很多遍且歌曲歌詞都背熟的影片才可以，若是播放沒看過的影片，碗盤碰撞聲不但會干擾視聽，為了看影片你也無法好好洗碗。

把不想做的事交給身體，喜歡的事讓心去享受吧！不論你在哪裡、正在做什麼，希望你都能保持著學外語的熱情和喜悅。

以下是我推薦用來學英文的歌曲，搜尋YouTube時請記得在搜尋欄位中另外加上「lyrics」。

Police,〈Every Breath You Take〉

Beatles,〈Yesterday〉

Judy Garland,〈Over the Rainbow〉

F.R. David,〈Words〉

Bobby McFerrin,〈Don't Worry Be Happy〉

U2,〈With or Without You〉

Wham!,〈Last Christmas〉

Roberta Flack, 〈Killing Me Softly With His Song〉

John Lennon, 〈Imagine〉

John Denver, 〈Take Me Home, Country Roads〉

　　我猜大女兒敏智看到這份歌單應該會皺著眉說：「怎麼都是老歌？」然而英文不是有句話說Oldies But Goodies（歷久不衰的經典老歌）嗎？最後一首歌是我國中時英文老師教我們的，還記得在那令人昏昏欲睡的春天，每當學生打瞌睡時，老師就會把歌詞寫在黑板上讓我們大聲跟著唱，大家也就自然而然把歌詞背起來了。我之前在曼谷的背包客聖地考山路看見幾個美國人一邊喝勝獅啤酒，一邊唱著「Take me home Khaosan Road, to the place I belong」，於是我也上前跟他們搭著肩同樂。而最近我偶爾也會自己哼一哼，考山路啊！指引我回家吧！

每天聽一則 TED

你在地鐵或公車上不但能學英文，同時也能學習人生。

　　訓練英文聽力最重要的還是多聽，以前我為了練聽力，買了短波收音機來聽《美國之音》（Voice of America），當時不僅音質差，收音機又笨重，不方便隨身攜帶。每當整點時分，我就會用FM調頻轉到AFKN的頻率收聽《聯合通信新聞》（AP Network News），然而可能是節目想在短時間內提供最多的資訊，因此播報速度很快，很難聽明白，不懂的地方又無處可查。

　　然而近年來只要有智慧型手機，所有問題迎刃而解，不趁這個好機會學英文更待何時？現在讓我介紹如何利用手機的TED應用程式來練英文聽力吧！

《TED》是由美國發起的演講計畫，以「值得宣揚的新思維」（Ideas Worth Spreading）作為標語，提供十八分鐘左右的演講節目。《TED》內容不僅充滿教育性，也非常適合隨時隨地練習英文聽力，只要在智慧型手機安裝TED應用程式並搜尋有興趣的演講內容，利用右上方的下載功能就可以儲存在手機「My Talks」裡，方便你每天收聽。影片播放時的畫面下方會有字幕按鈕，通常瀏覽數高的影片會提供韓文字幕，但我建議盡量選擇英文字幕才有助聽力訓練。

　　以下是我推薦的演講內容，搜尋講者的名字也可以找到。

● 肯尼・羅賓森 Ken Robinson──學校扼殺了創意嗎？ Do schools kill creativity?

www.ted.com/talks/ken_robinson_says_schools_kill_creativity

這是《TED》最知名的演講之一，講者顛覆既有觀念，提出學校教育扼殺孩子創意的觀點。如果你想要培養創意，絕對不容錯過這場幽默無冷場的演講。

● 提姆・費里斯 Tim Ferriss──擊破恐懼，任意學習 Smash fear, learn anything

www.ted.com/talks/tim_ferriss_smash_fear_learn_anything

只要抱持著「試試看，失敗又如何？」的心態，你就能學會任何事情，不論是探戈、游泳，還是外語。

● 杰‧渥克 Jay Walker──談世界的英語狂熱 The world's English mania

www.ted.com/talks/jay_walker_on_the_world_s_english_mania

 全世界二十億人口都在學英文，即使快速全球化的中國也在瘋英文，為什麼呢？來看看是怎麼一回事吧！

● 茱莉亞‧史威妮 Julia Sweeney──與八歲女兒的對話 It's time for "The Talk"

www.ted.com/talks/julia_sweeney_has_the_talk

 這是在談喜劇演員茱莉亞‧史威妮和女兒在網路上看到「動物交配」的影片而發生的趣事，絕對是一場令你捧腹大笑的精采演講。

● 莫茲‧喬布藍尼 Maz Jobrani──有誰認識伊朗裔的美國人嗎？ Did you hear the one about the Iranian-American?

www.ted.com/talks/maz_jobrani_make_jokes_not_bombs

講者以單人脫口秀的方式談九一一事件後伊朗裔美國人的悲與歡，沒想到環境和自我內心矛盾會如此令人哭笑不得。

隨著《TED》火紅，許多暢銷書作者也紛紛與《TED》合作來宣傳著作，如果你沒時間看書，不妨到《TED》聽聽知名作家的演講，一窺暢銷書的精采內容。

● 蘭德爾・門羅 Randall Munroe──由漫畫引出的假設分析 Comics that ask "what if?"

www.ted.com/talks/randall_munroe_comics_that_ask_what_if

講者是《如果這樣，會怎樣？》一書的作者，我們常說球速快的棒球為「光速球」，如果投手真的投出了「光速」球會發生什麼事呢？這本書被認為是二〇一五年最有趣又易懂的科學叢書，我非常喜歡像這樣用簡單的話解釋複雜原理的書。

● 提姆・哈福特 Tim Harford──煩亂如何激發創意 How frustration can make us more creative

www.ted.com/talks/tim_harford_how_messy_problems_can_
inspire_creativity

 幾年前拜讀過提姆‧哈福特寫的《親愛的臥底經濟學
家》（台灣早安財經出版），那是一本非常有趣的
書，原文書名為「Dear Undercover Economist」，他還有續集
《The Undercover Economist Strikes Back》，韓文版書名為
「假使你是經濟學家」。這場演講讓你一睹作者精湛的說故事
能力，想要培養創意的人不容錯過。提姆‧哈福特以此演講題
材出版了一本有趣的新書《不整理的人生魔法，亂有道理
的！》（台灣天下文化出版），他提出了「混亂（Messy）意
外」，主張混亂脫序的狀態比有條不紊更能激發創意。

● 賈德‧戴蒙 Jared Diamond──文明社會為何走向崩潰 Why
do societies collapse?
www.ted.com/talks/jared_diamond_on_why_societies_ collapse

 這是時代經典之作《槍炮、病菌與鋼鐵》（台灣時報
出版）的作者賈德‧戴蒙為當時的新書《大崩壞》
（台灣時報出版）所做的演講，書與演說讓我們反思什麼樣的
文明才有可能存續下去。《大崩壞》果然如戴蒙之名為鑽石

級*的傑作，光是有幸聽到這位重量級作者的聲音就令人十分感動。

最後我要介紹名人史帝夫‧賈伯斯為史丹佛大學畢業典禮所發表的演說，這場演說可謂當代最知名的演說之一，若將演講稿背起來，對英文學習相當有幫助，不過就算你不打算背，我還是推薦你去聽聽看原文演說內容。

● 史帝夫‧賈伯斯 Steve Jobs──談「死」前人生 How to live before you die

 www.ted.com/talks/steve_jobs_how_to_live_ before_ you_die

上下班通勤時間長，這時候你可以在手機安裝TED應用程式下載幾篇演講來聽，如此一來你在地鐵或公車上不但能學英文，同時也能學習人生。

---

* 譯註：作者的姓氏Diamond也是鑽石的意思。

用有聲書訓練閱讀和聽力

當你的英文越來越棒，就會有更多免費的資源供你享用。

　　我是個文字成癮者，時時刻刻都在看書，我甚至連開車、爬山也在閱讀——用耳朵聽有聲書。特別是英文有聲書可以同時增強閱讀和聽力，真是一舉兩得。如今我們可以很方便地在網路上免費下載有聲書，只要去「YBM時事英語社」網站裡的免費MP3資料室就可以找到許多免費收聽且品質良好的有聲書了。

● www.ybmbooks.com/reader/reader.asp

　　在裡頭搜尋「YBM reading library」就會跑出《湯姆歷險

記》《小木偶》《小王子》《托爾斯泰短篇小說集》等免費的有聲書，這些書用字都很簡單，很適合作為聽力練習的入門。

我試著下載了《托爾斯泰短篇小說集》，內容和錄音都非常用心。有聲書本身是免費下載的，若想感謝業者免費提供優質的學習資料，你也可以進一步購買純文字的電子書表示支持。

有些有聲書也提供免費的文字檔，最經典的網站就是「古騰堡計畫」（Project Gutenberg），此外你也可以上網搜尋英文書名，相信一定會找到許多提供著作權失效書籍文字檔的網站。

● **www.gutenberg.org/files/74/74-h/74-h. htm#c1《湯姆歷險記》完整版電子書連結**

你可以先訓練閱讀能力將整本書看完，接著再聽有聲書，如此一來較能幫助你理解內容。如果沒時間讀完整版，也可以閱讀故事摘要。

● www.shmoop.com/tom-sawyer/summary.
html《湯姆歷險記》故事摘要

有聲書的第一段就聽不懂的話，不妨先讀一讀電子書的第
一章。

● www.shmoop.com/tom-sawyer/chapter-1-
summary.html第一章 故事摘要

如果還是聽不懂，表示你還不太熟悉英文句子的架構，
我建議你回頭多背一些會話再來挑戰。選擇英文有聲書時，你
可以挑選小時候喜歡的故事，先讀過一遍網路上所找到的文字
檔，之後聽有聲書會容易得多。

如果你對自己的聽力有信心，不妨在YBM的資料室中搜尋
「classic house」。

●www.ybmbooks.com/reader/reader.asp

這個資料室有許多像《歐亨利短篇小說選》《亂世佳人》
等程度更高的有聲書，並且配有背景音樂、音效、專業真人對

話，以及精心撰寫的腳本。配音員將原著的對白呈現得自然且生動，聽《亂世佳人》就像在聽廣播劇一樣。

社區圖書館常能找到NEXUS出版的《用國中英文回味世界名著》系列套書，你可以從圖書館借回家，再到網路上下載免費的聲音檔。這個世界真的有好多「免費享受」的資源呢！

若你下定決心要開始聽英文有聲書的話，我會推薦下面兩個英文網站。

● www.audiobooks.org

這個網站提供免費的英文古典小說以及許多有趣的短篇文章。

「Free Samples / Short Stories」裡有篇《猴掌》（The Monkey's Paw），講述的是一隻猴掌能夠實現他人三個願望的故事，聽起來就像在聽廣播劇一樣。故事詭譎，就算是炎熱的夏天也可能令你全身發寒。

● **www.openculture.com/freeaudiobooks**

　這是另一個知名的免費有聲書網站，若依照英文字母順序收聽，首先你將會遇到《伊索寓言》（Aesop's Fables），它都是一至兩分鐘的短篇故事，很適合拿來給孩子做英文聽力練習。其中還有以撒‧艾西莫夫的《夜幕低垂》（Nightfall），對於喜歡科幻小說的我來說真是一大福音，雖然這本書有點難，但我推薦看過書的人可以試著聽聽看有聲書的版本。此外，這個網站還有《傲慢與偏見》《簡愛》等優良有聲書，並提供免費的電子書方便讀者眼耳並用。我建議大家選擇有聲書時，主要以已經讀過的書為主，因為就算有聽不懂的地方仍然能跟上故事的進度。

　當你的英文越來越棒，就會有更多免費的資源供你享用。未來退休後，如果能在溫暖陽光灑落的客廳沙發上聽英文有聲書為我說故事，那會有多開心啊！

讓美國總統成為
你最頂尖的英語家教

不要因為學英文而給自己太大壓力，為自己的人生創造故事才是當務之急。

當你背熟了初級會話，你的學習欲望也變得越來越強烈，並且想挑戰更高難度的英文句子。這時候該找哪些東西來背呢？我建議你可以跟朋友或家人共同演一齣英文話劇。記得我大學時的社團曾經演出過王爾德的《不可兒戲》（The Importance of Being Earnest），它帶給我許多收穫和美好的回憶。近年來聽說補習班也會要學生拿迪士尼動畫《冰雪奇緣》的劇本來演英文話劇呢！

如果你找不到人跟你一起演戲，不妨報名參加英文演講比賽，那可是讓你獨霸舞台的大好機會。演說稿可算是口語體最

精采之作，因為它必須在有限的時間內將講者的想法有效傳達給群眾。如果你不想去演講，也可以抱持著輕鬆的心情用演說稿來學英文，以下是我推薦的幾個刊有英文演說稿的網站。

● 英文演說稿Top 100

www.americanrhetoric.com/top100speechesall.html

馬丁路德‧金恩牧師的〈我有個夢想〉（I have a dream）被列為第一，這個網站提供文字檔和MP3音檔，因此可以同時練習英文閱讀和聽力。雖然可以用手機直接播放MP3，但並不容易邊聽邊看稿，因此我建議在電腦上練習。想要加強英文閱讀能力，演說稿是非常好的教材，尤其美國總統的英文演說稿可以讓你的英文程度更上一層樓。

在此跟大家推薦希拉蕊這篇知名的演講：

●女權即人權 Women's Rights are Human Rights

www.americanrhetoric.com/speeches/

hillaryclintonbeijingspeech.htm

說到精湛的演說技巧，當然少不了歐巴馬總統，他的〈無

畏的希望〉（The Audacity of Hope）舉世聞名，前半部的句子很適合拿來當作英文面試自我介紹時的參考。事實上真正能撼動人心的故事應該從自身的經驗出發。

● **無畏的希望 The Audacity of Hope**

www.americanrhetoric.com/speeches/convention2004/
barackobama2004dnc.htm

　　歐巴馬憑該次的演講成為民主黨的一匹黑馬，最後還當選了美國總統，可謂美國最能言善道者之一。現在就來讓歐巴馬總統成為你的英文家教吧！

　　而比較意想不到的是雷根總統不少的演說稿入選了〈英文演說稿Top 100〉，前三十名中就占了四篇。論能力、政績，雷根總統並不算相當突出，但為什麼唯獨演講稿如此受到大眾肯定呢？許多領袖研究者常常將雷根與卡特拿來比較，論聰明才智，雷根遠不及卡特，然而卡特因為太聰明而疏忽了用人之道，相較之下雷根很清楚自己是演員出身的政治人物，因此他相當重視人才網羅。卡特任何事都親力而為，雷根則是把事情交代給專家，自己則以「魅力取勝」。結果如何呢？人們都肯定卡特是個天才，然而作為一位國家的領導者依然非雷根莫

屬。

　　想必雷根總統的演說稿也是由當時寫作技巧高明的幕僚撰稿，而實際上場演說時，則靠著身為演員最有自信的發音、表情、演技來擄獲全場。因為文章是由專業的寫手寫的，演說又是由專業的演員發表的，因此能有這麼多演說稿進榜也就不奇怪了。

　　不要因為學英文而給自己太大壓力，真的要寫英文演說稿，到時候交給專家也行，重點是你想說什麼樣的內容？為自己的人生創造故事才是當務之急。

用簡單的字、簡短的句子寫作

你可以試著寫寫簡單的英文日記並發表在臉書上，不要怕丟臉，就把它當作是平常在回覆外國朋友留言那樣輕鬆看待就好。

某天我在整理相簿的時候，無意間發現二十一年前我向大學英文報社投稿的文章，現在讀起來又是不同的感受。雖然有點害臊，但請容我跟大家分享這篇拙作：

Looking back on one's university life is somewhat different from merely "taking out the diary of ten years ago" to recall how it was then. Every single moment is worth recollecting.

我認為回憶大學時光跟「回顧十年前的日記」，這兩件事給人的感覺有點不一樣。人生的每一個瞬間都是值得回憶的。

（中略）

I am looking forward to graduating, but there are some questions unresolved. What life should I lead? What part of the world should I enter? What role is waiting for me? The world doesn't seem to offer many alternatives to us.

我即將畢業，但還是有幾件事尚未找到答案。我該過什麼樣的生活？我該去哪個領域？什麼樣的角色正在等待著我？這個世界似乎沒有給我們太多選擇的餘地。

I remember a paragraph which I read some months ago.

"I am a fragment of a mirror whose whole design and shape I do not know. Nevertheless, with what I have I can reflect light into the dark places of this world - into the black places in the hearts of men - and change some things in some people. Perhaps others may see and do likewise. This is what I am about."

And maybe that is the meaning of life, the way I should lead my life.

我想起幾個月前讀過的一段話。

「雖然我只是一面鏡子的碎片，不知道整面鏡子長什麼樣子，但是至少我能用自己這片碎片照亮世界某個黑暗角落──人心的黑暗處，進而改變某些人。或許有些人會跟著我這麼做，這就是我存在的理由。」

或許這就是人生的意義，而我也應該如此度過我的人生。

看著相簿裡已褪色的報紙專欄，我很驚訝原來自己在畢業前是這麼想的。學生時期的我常常向英文報社投稿，這對英文寫作非常有幫助。我的作文第一次見報是在全國大學英文辯論比賽榮獲亞軍時，主辦單位通知學校這項喜訊，不久英文報社就問我能不能刊登那篇演說稿。當時還有英文系的美籍教授幫忙訂正，我跟教授兩人花了好幾個小時討論並且仔細地修改文章。

還記得當時碰到第一句的作者自我介紹就卡關了，因為我讀的是漢陽大學資源工程系，我就寫了直譯的「Resource Engineering」，但教授要我解釋什麼是「resource ── 資源」並追問：「資源可以是礦物，也可以是人力資源，你讀的是屬於哪一類？」我說我學的是煤礦採礦學、石油鑽採工程學，教授說那應該要叫做「Mining & Mineral Engineering」意思才清楚。但我覺得系上大概不樂見我這麼寫，畢竟他們可是巴不得

洗掉「礦產學系」這個標籤呢！後來我去歐洲當背包客，每當我說自己讀的是「Resource Engineering」，大家總是露出不解的神情，而我只要改口「Mining & Mineral Engineering」他們就馬上聽懂了。

多虧教授幫我一字一句地改，我的英文寫作才能接受到嚴格的訓練。投稿英文報社不但有外籍教授免費幫你做英文個人特訓，甚至還有稿費收入呢！當時英文報社的稿費是校刊社的三倍，我記得寫一篇英文報導可以拿到五萬韓元（約台幣一千三百元），到龍山美軍軍營前的舊書店能買二十多本英文平裝書了。如今我一樣用寫專欄的稿費去買書，看來不管是從前還是現在，我都是用文字來買文字啊！英文聽說讀寫最難的就是寫，好比韓文再好的人，突然要他寫文章不也會緊張嗎？我並沒有特別去學寫作，畢竟一個自學英文會話的理科生哪來的機會額外學寫作呢？但我平常會寫些英文散文跟短篇小說，這都是背誦英文句子的成果，因為我的腦海已經裝了好幾千個英文句子，信手拈來是文章。英文寫作之所以會緊張，是因為你不確定寫的東西合不合文法，然而若你能將背熟的句子放在適當的文章脈絡中，根本不必擔心文法的問題。

讀原文版《TIME》《經濟學人》的文章久了，我們看英文寫作的標準不自覺變得過高，事實上何必跟世界頂尖的寫手

競爭呢？我們的會話程度還比不上美國小學生，就別貪心想要寫艱澀的單字和高級用語了！你應該練習的不是複合句和並列句，而是簡單句。我們一般寫作喜歡的是言簡意賅的句子，英文寫作也是同樣的道理，我們必須培養簡短明確的寫作習慣。你可以試著寫寫簡單的英文日記並發表在臉書上，不要怕丟臉，就把它當作是平常在回覆外國朋友留言那樣輕鬆看待就好。

「雖然我無法了解世界的全貌，但此時此刻，我願意盡我所能去嘗試！」

重讀少時文章真是津津有味。二十年前的我、二十年前我的想法以及二十歲男孩的體悟，如今仍值得回味。

用手機自辦英文研習營

在我推薦大家用《讀者文摘》訓練英文閱讀的同時，我也在思考近年來是否有更好的學習資源，畢竟《讀者文摘》是我四十年前讀的雜誌，人年紀大了就容易念舊，我擔心自己太習慣舒適圈而不知道外面的新世界，因此就在網路上搜尋了「英文會話學習網」，跑出來的結果多得不得了。

現在這個時代要學英文，如果能充分利用網路資源是再好不過的了。我逛了好幾個網站，也下載了一些免費的App，在此跟大家推薦幾個不錯的網站。

看到英文選單不要慌，既然決定學好英文，就應該多利用英文網站，這樣才能自然而然地多接觸英文。

【TalkEnglish.com】

● www.talkenglish.com/lessonindex.aspx

單頁能一覽所有課程,你可以按照順序學習,若你已經背過會話而對英文有信心了,也可以練習中級程度以上的會話(Interactive Practice)。

● www.talkenglish.com/lessonpractice.aspx?ALID=729

該單元為三種情境,並且分為跟讀全部(shadowing)、扮演A、扮演B,讓你能夠像實際對話一樣飾演角色。我建議一天盡量背一種情境,不過就算背不熟,能夠不看課文跟讀也算是非常好的會話練習。

這個網站還依照程度與情境的不同,再分成商業、留學、家庭生活等類別,如果你手邊沒有英文教材,又不知道在國外旅行或突然遇見外國人該如何開口說話,不妨在選單中找尋相符的情境事先練習。

● www.talkenglish.com/lessonindex.aspx

　　對於非英文母語人士而言，很難馬上點明、馬上回應，若你正在準備英文面試，不妨先練習一下面試例句；出發到國外血拼之前，則先練習好購物的相關用語。

● tw.talkenglish.com/extralessons/speakingrules.aspx

　　學習英文會話必須先知道的五件事：

1.不要學文法

2.學習片語

3.直接練習說

4.沉浸在英文環境中

5.選擇好的教材

　　這些都是我再三強調的對吧？學英文會話的要領就是這些，剩下的就是怎麼去實踐了。

　　去年春天我跟小女兒一起看了迪士尼動畫《動物方城市》，這部電影很有趣，孩子跟我都看得津津有味。我突然對數位動畫製作方式很感興趣，都老大不小了卻很想去學一學。只是我也不太可能出國留學或重讀大學，那該怎麼辦才好呢？於是我去線上「可汗學院」一找，果真有！

【可汗學院】

https://www.khanacademy.org/partner-content/pixar

在「可汗學院」的附校「Pixar in a Box」提供了所有與

數位動畫相關的詳盡課程。

「可汗學院」是個非常有趣的網站，我很喜歡它的口號——

任何人都能免費學習任何事（You can learn anything. For free.

For everyone. For ever）。薩爾曼·可汗為了教姪兒數學，在

YouTube上傳了教學影片，隨著影片越來越紅，他便開設了免費

的線上課程網站，現在不僅規模龐大，內容也非常豐富。

學英文的終極目標是什麼？每個人的答案不盡相同，但我

認為其中一項應該是為了用英文學習更多東西吧？因為人們學

英文最初的目的是為了留學、用英文做學問。現在我們隨時隨地

都可以透過可汗學院去「留學」，如果你的夢想是出國留學，不

妨進來可汗學院上堂課，先了解一下英文授課的情況。假設你已

經人在美國留學，遇到不懂的課程內容時，就到可汗學院接受免

費的課後輔導吧！這樣你很快就能熟悉英文授課常用的單字和概

念了。裡頭的課程還有提供完整字幕稿，甚至可以隨影片即時播

放。用手機隨時為自己辦一場英文研習營吧！

06

到頭來，
英語即自信

We are taught you must blame your father, your sisters, your brothers, the school, the teachers - but never blame yourself. It's never your fault. But it's always your fault, because if you wanted to change you're the one who has got to change.

-Katharine Hepburn

先是需求（need）
才是欲求（want）

> 人類之所以變得偉大，是因為我們把注意力放在需求，而不是欲求。

　　有些人問：「學口語體為什麼要大費周章背句子？邊看影集邊學不是更輕鬆嗎？」然而這就好比我們的身體喜歡待在家裡休息，不喜歡出門運動，用演化生物學來解釋就不難理解了，因為我們必須在有限的資源內求生存，所以要多休息，不能隨便浪費能量。運動對我們來說是需求（need），休息則是欲求（want），需求和欲求哪個才應該優先呢？

　　當你發現旅行下榻的旅館沒有熱水可洗澡，應該怎麼跟服務生說呢？「I want to take a hot shower.」和「I need to take a hot shower.」都沒錯，但如果你希望服務生能幫你解決問題，

後者會比較有效。「我想要」表示你渴望洗個熱水澡,「我需要」則帶有因為身體不適或重感冒不能洗冷水澡的隱情,因此需求(need)會比欲求(want)更有訴求力。

我很喜歡研究如何管理時間,因為一個人如何運用時間決定了他的一生,所以我總是先解決需求問題,才去面對欲求問題。假日我會早起去爬山,上午花四至五小時爬完山,中午回家吃飯、看看書、睡個午覺。如果假日起得晚,決定休息為先,那麼一整個上午都沒了,吃完午餐也不想再出門了,因為你擔心太晚回家會壓縮睡覺時間。你心想時間不早了,就待在家裡渾渾噩噩過了一天。你看著日益肥大的肚腩,無比自責。但要是選擇上午爬山再休息,不但能睡個香甜的午覺,還有充足的時間休息。

運動是需求,因為持續運動才能保持身體健康,而不運動只休息則是欲求,為了有個健康長久的人生,應該先運動再休息。如果一個人的生活總是順從欲求,到頭來他可能得忍受病痛,甚至得付出生命的代價。

學英語也是一樣的道理,大腦占不到我們身體的百分之五,卻消耗全身百分之二十的能量。大腦占據的能量最多,它當然喜歡發呆休息了。大腦是愛偷懶的天才,你看人類遺留下來的燦爛文明,不就證明了大腦能創造奇蹟嗎?雖然大腦是個

懶惰蟲，但只要下定決心，它什麼都能做到，例如有人能說七到八國語言，有人能做英韓同步口譯。人類的天性是能坐著就不要站著、能躺著就不要坐著，但只要經過訓練，人類還是可以完成四十多公里的馬拉松。人類之所以變得偉大，是因為我們把注意力放在需求，而不是欲求。

悠閒地看美劇是欲求，痛苦地大聲背英文會話是需求，先解決需求再來面對欲求吧！這才是時間管理的準則。

學習靠的是意志力和自信

> 自信與意志力是人生最重要的基石，讓我們透過背誦句子提升英文實力，培養自信心和意志力吧！

　　《教育經濟學》（中室牧子著，台灣三采出版）的作者是教育經濟學家，她利用數據揭發許多我們習以為常的學習迷思，其中我最感興趣的是自信心與學習能力之間的關係。很多人以為有自信就能提升學習力，因而相當重視孩子的自信心培養，但是作者認為這樣反而招來反效果。舉例來說，一味地稱讚成績不好的孩子說：「你很聰明，只要有決心一定會成功。」到頭來很有可能培養出無能的自戀者。作者認為我們不該稱讚孩子的才能，而是要高度肯定他付出的努力，並且具體地稱讚他的成果，例如「你好棒，今天很認真讀書呢！」

我認為沒有所謂的語言天賦。有人就問了，難道每天都能背十個英文句子不算語言天賦嗎？好吧，勉強可以算是吧！然而天賦聽起來像是命中注定了，但其實不然。

《教育經濟學》提到教育中兩項非常重要的非認知能力——自制力和意志力，且成功的關鍵在於意志力。此外作者還介紹了道格沃斯（Duckworth）教授在《TED》的六分鐘演講如下：

www.ted.com/talks/angela_lee_duckworth_the_key_to_success_grit

天賦和意志力是兩回事，就算你有天賦，少了意志力依然很難成功。你必須相信「失敗不會是永久的，只要努力下次一定會成功」，你才會有意志力堅持下去。不要怕失敗，立刻開始就對了，就算跌了跤，站起來拍拍屁股重新出發就好。

根據教育學家研究的結果，認知能力的提升受到年齡的限制以及兒時成長環境的影響，然而非認知能力則不同，成年之後還是可以靠意志力去提升它。

想要提升意志力必須牢記一件事——一個人如果深信兒時學英文的影響力，那麼他長大之後怎麼用功都不會進步，

因為他認為現在的年紀學英文已經太遲了，因此他隨時都會為自己找藉口而輕易放棄。這樣的態度等於完全將培養非認知能力——意志力的機會拒之門外。

自信與意志力是人生最重要的基石，讓我們透過背誦句子提升英文實力，培養自信心和意志力吧！

別違抗演化法則

如果你是上班族，已經畢業而不必再面對大學考試，那麼就從口說開始學英文吧！

我很喜歡徒步旅行，我常走濟州島的偶來小路，某天我不小心在山裡迷了路，走到一大片濃密的草叢中，低頭完全看不見雙腳。一剎那我嚇得全身僵硬，連一步都無法向前踏。

「小心！有蛇！」

彷彿有人正向我大喊。要是我往前走，說不定會踩中草叢裡的蛇而被反咬一口。事實上，那是我體內數十萬年前的老祖宗在警告我呢！

探討演化心理學的《古老的工具箱》（全中煥著，Science Books出版）一書提到，人類的心理是經過長期演化後

的產物，要是凡事都必須判斷利與害，精神將會承受巨大的壓力，所以有利生存的習性便漸漸演化成了自然反應的本能。

人類在幾十萬年前仍過著狩獵與採集的生活，不易取得生存所需的營養素，而最快能補充能量的營養素是糖分，因此我們的味蕾演化成喜愛甜食。此外，人類透過經驗得知腐敗的食物吃了會拉肚子甚至死亡，因此我們演化成一聞到臭酸的味道就想吐，即使肚子再餓都沒辦法嚥下去。再者，靠狩獵與採集無法保證什麼時候還有下一餐，「有什麼就盡量吃」便成了人類的生存之道。

自從農業發達並有了冷藏保管技術之後，我們進入人類史上糧食最豐盛的時代，不必吃甜食也能攝取到充分的營養且三餐也都有得吃，但是我們還是戰勝不了歷經數十萬年設計好的本能，因此我們看到甜食還是會流口水、吃東西還是會忍不住暴飲暴食，這樣的結果導致肥胖和糖尿病的問題產生。看來幾十萬年演化而來的身心機制還跟不上世界近百年的快速變化。

對於喜歡徒步旅行的我來說，其實更應該怕的是路上疾駛的汽車而不是蛇，現在這個年代出車禍身亡的人數可是遠遠大於被蛇咬死的人數呢！但是汽車發明至今還不超過一百年，我們對汽車的恐懼還來不及成為本能的自然反應。我們怕蛇，所以不敢走進草叢茂密的山路，可是我們卻敢在汽車呼嘯而過的

車道上橫跨馬路，是不是很矛盾呢？

　　聽跟說的能力也是歷經數十萬年演化而來的，相較之下讀跟寫則是很後來才有的行為。從演化心理學的觀點來看，古老的行為對人類來說是自然的，而近年來培養的習性則尚未成為本能，這也是為什麼我們會覺得聽說比讀寫容易了。

　　學母語也是等到能聽、能說之後才開始學讀跟寫，但為什麼我們學外語卻是從讀寫開始？《英文順解》一書的序文上這麼寫：

> 我們該先學言談還是讀寫？
>
> 這個問題到現在仍意見分歧，但筆者認為像學母語一樣學外語是最理想的方式，因為先學說話之後讀寫會較容易，但反過來先學讀寫再學講話，通常很難把話說得自然。——《英文順解》（金榮路著，高麗苑出版）

　　這本書出版於一九八三年，可見早在當時就有學者發現英文教育制度偏重讀寫將無法提升語言能力，然而學校教育到現在依舊偏重讀寫，大學入學英文考試主要考的也是文法、閱讀、辭彙，為什麼呢？事實上教育界不得不這麼做，因為當英文聽說能力的配分加重時，那些從小就上英文補習班或在海外

留學長大而早已習慣口說的孩子將能拿到高分。教育的宗旨是創造均等的受教機會，而不是加深社會結構的矛盾，因此學校教育不得不側重讀寫，大學考試也以書面體的英文為重。

　　過去我們覺得英文難是因為學習的方式顛倒了。如果你是上班族，已經畢業而不必再面對大學考試，那麼就從口說開始學英文吧！你會發現學起來輕鬆、有趣又有效，因為你是按照演化順序學習的呀！

強迫學習不會進步

學語言並不是去補習就會進步，沒有積極自發性去努力背句子、練口說，通常成績很難有起色。

　　幾年前小學六年級的姪子要寫報告，報告的主題是訪問自己有興趣的職業從業人員，孩子們說想要訪問電視台PD，我就去幫忙當受訪對象。

　　這個報告是為了讓小六生探索未來的志業，但我一聽他們還要用手機錄影、剪輯成影片，頓時吃驚得說不出話來。最近的小孩子真是太厲害了！我當PD之前別說是剪輯了，連攝影的經驗都沒有呢！而採訪現場就有三個小朋友拿著手機在錄影，我心想小孩的報告有必要動員三台攝影機做剪輯嗎？真是太不可思議了！

不過仔細觀察這三個孩子站的位置，我發現他們與我的距離居然都差不多，這樣拍出來的人物大小差異不大，到時候剪輯可就麻煩了。通常使用三台攝影機的基本分鏡是一人站在遠方拍我跟提問者兩人的全身景，另一人只拍我的特寫，第三人則以九十度角拍攝提問者，如此安排才方便後期剪輯，如果都在同個位置、同個距離拍攝，角度和人物大小都差不多，則不易後期製作。然而我覺得自己不該干涉孩子的作業，便只在心裡默默為他們操心。後來我聽姪子一說，總算恍然大悟。

　　「叔叔，我同學他們是在用手機玩遊戲啦！」

　　原來從頭到尾只有一個人在拍攝，其他兩個則是假裝拿手機錄影，實際上卻是在玩遊戲。真相大白的瞬間我真是心灰意冷，好不容易擠出時間接受採訪，沒想到孩子卻在打電動！

　　我經常接到國高中邀請我去做職涯演講，我本身是理科畢業，當了一陣子推銷員又變成綜藝節目PD，年過四十轉職電視劇導演，直到五十歲了仍不斷探索自己的職涯發展。為了退休後能成為全職作家，我現在每天閱讀一本書、寫一篇文章。每當學校邀請我去演講，我第一個會問：「請問是哪些學生來參加？」

　　如果是在上課時間集合全校在禮堂辦的演講，我就會變

得興趣缺缺，因為義務性質來聽講的學生通常不太專心，到頭來講者跟聽者都覺得無趣。相反地，遇到由學生自由報名的課後演講我就特別有幹勁，因為夢想成為PD的學生在聽講時眼中總是綻放著光芒，他們的熱情能使我講得更起勁。學習最重要的是自動自發，就算電視台PD在你面前講得天花亂墜，如果你對這個職業不感興趣，還不如把時間拿來玩手機遊戲來得好。學英文也是相同的道理，小孩子不知道英文的重要性，就算補習補了老半天也不會進步，而且英文也不是花大錢送去補習班就能解決的問題。

學語言並不是去補習就會進步，沒有積極自發性去努力背句子、練口說，通常成績很難有起色。事實上，學英文反而不必去補習，靠自己認真練習絕對能學得好。學生時期英文對我們來說只不過是一門科目，也是揮之不去的壓力來源，但英文其實是溝通的工具、文化的工具，成年之後我們可以快樂學習，用英文來看書、看漫畫、看電影。成年之後我們都已經曉得哪些事情自己感興趣，因此我認為不論小孩還是大人，尋找能夠讓自己最快樂的事才是真正的學習之道。

先打好母語基礎吧

成年後自學英文，你將會具備人生最重要的兩項競爭力——母語運用力與自信心。

一聽我以前當過口譯員，大家就會問：「您是從什麼時候開始學英文的？」

我猜大家其實想知道的是「年紀大了才開始學英文，能學得好嗎？」

我真正認真學英文是從上了大學之後才開始的，我認為成人學外語並不晚，我自己就是四十歲才開始學日文五十音，而目前我的日文會話大概是旅行時不會有障礙的程度。我的夢想是利用公司給的一年休假研究去環遊世界，在那之前我的目標是學會英文、日文、中文、西班牙文、法文，因為我相信五十

歲的人依舊能夠自學新的外語。

有些人深信外語一定得從小學起，但我認為幼兒外語教育不但費用驚人，還會弱化母語能力與孩子的自信心，總體來說弊大於利。

首先從錢談起吧（小氣鬼最在意的部分）！大家都認為學英文就是要讓孩子從小出國學，於是開始流行讓幼兒留學。媽媽帶著小孩出國一年要花掉一億韓元（約台幣二百七十萬元），而孩子英文突飛猛進絕對是毋庸置疑的，因為七歲左右的小孩學語言就像海綿一樣很容易吸收，然而一年後回國韓文也學得很快，孩子漸漸就把英文給忘了。家長為了不白白花那一億元，只好讓孩子上一天三小時的英文補習班，有些補習班一個月學費高達一百多萬韓幣（約台幣二萬七千元），甚至還有專門為留學回國子女設計的課程，不過再怎麼樣都比送去美國留學便宜。

然而小孩通常會吵著再回去美國讀書，因為嘗過了國外的自由學風，韓國校園生活簡直如地獄。孩子受不了每天奔波於學校、英文補習班、數學家教，最後只好又跟媽媽出國留學去，剩下爸爸一個人賺錢養家。像這樣為了年幼子女留學而分開的家庭非常多，就算見面也覺得心酸，因為爸爸不會說英文，孩子也忘記怎麼說韓文，彷彿南北韓失散家庭的重逢。

《賺錢與花錢的選擇》（《Worth It ... Not Worth It?》傑克·歐塔（Jack Otter）著，Bookie出版）認為經濟是一門選擇的學問，要如何選擇才能讓錢花得值得？作者提出了以下的兩難抉擇：

該「先準備子女教育基金」還是「先準備退休基金」？

答案跟墜機時的處理原理相同。當飛機遇到危急事件降下氧氣面罩時，說明書告訴我們要先為自己戴好面罩再去協助老弱婦孺，因為這樣才能冷靜地協助孩子，如果父母急著為孩子戴上面罩而折騰了老半天，到時候要是自己先缺氧昏倒，孩子沒了大人照顧，可能落得大人小孩都遭殃。

教育費的支出也是一樣，父母得先養活自己、準備好退休基金，才來考慮要不要送孩子出國留學或上英文補習班。如果為了搶到好學區而負債買房，為了給孩子更多學校課堂外的教育而遲遲未有儲蓄，萬一不幸遇到房地產泡沫化怎麼辦？到時候你留給孩子的只會是一屁股債。

人工智慧的時代就業將越來越困難，把自己的退休金挪來做子女的教育費，隨著歲月的流轉，父母將會變得越來越窮，而此時子女又怎麼可能安心為夢想展翅高飛呢？其實孩子需要的不是從小的英文教育，而是不會帶給自己經濟負擔的一雙父母。

長大後自學英文一樣可以學得好，但為什麼大家都高喊著從小學英文的重要性？那是因為可以從中賺到錢。

　　在資本主義社會中能賺錢的事情當然要大肆宣揚，英文幼兒教育需要花大錢，例如留學仲介、英文補習班，而從中獲利的人不計其數。很多人都在強調幼兒英文教育的必要性，卻沒有人站出來說「其實不一定要學」，那是因為沒人想花力氣去宣揚不賺錢的事。

　　我這麼說不是要大家為了省錢而拒絕幼兒英文教育，而是想告訴大家成年後自學英文，你將會具備人生最重要的兩項競爭力——母語運用力與自信心。

堅實的母語造就堅實的外語

> 學英文應該等成年之後再開始，從小學英文的確會讓你的英文突飛猛進，但這是很危險的選擇，因為這是你犧牲母語換來的成果。

　　我聽過一場有關壽命的演講，身為博士的主講人將朝鮮時代的平均壽命做成了圖表，上面顯示皇帝平均壽命四十五歲，大臣則是六十歲，太監卻高達七十歲。我心想，皇帝有皇后跟後宮佳麗，大臣只有一位夫人，太監沒得娶妻，看來老婆的數量跟壽命成反比，難道老婆是讓壽命縮短的原因嗎？想當然，這是最典型的錯誤分析。

　　接著講者揭曉答案，原來是過量的睪固酮造成男性短命。睪固酮是男性賀爾蒙之一，當我們處在競爭激烈的環境或壓力大的時候，睪固酮分泌量就會增加。越是在競爭激烈的環境下

生存，睪固酮的分泌量就越高，然而太監能夠長壽則是因為他在生理上本來就沒有太多的睪固酮。我這下恍然大悟，原來是男性睪固酮搞的鬼，和老婆的數量沒關係啊！

能不能正確分析一個現象的成因是很重要的，有些人認為我當上PD是因為英文好，但事實上有更多PD是根本不碰英文的。我成為PD靠的不是英文而是韓文能力，其實我的韓文比英文好太多了，英文只是MBC招聘考試第一關筆試三項（韓文、英文、常識）的其中一項而已，通過第一關之後英文成績就跟錄取結果沒關係了，第二關的面試和第三關的合宿評分才是靠韓文的口說和寫作來決定去留。很多人以為找工作需要看英文程度，然而其實你的母語才是最重要的。

即使是談戀愛，母語能力一樣很重要，因為你得有口才逗對方開心，你還得具備幽默的文筆編一些搞笑的訊息。戀愛是交流出來的，所以談戀愛一定得有口才跟文采。

一個人的母語能力是在語言形成期決定的。

語言形成期：形塑個人語言特色的時期，特別指發音、重音位置、語調等習慣定型時的四至十二歲期間。

我從小就很喜歡柳時敏的書，他是我們這個世代的代表性

知識分子，能言善道又寫得一手好文章。他大學畢業後，年過三十歲才去德國留學並真正開始學德語，然而他卻能無障礙地用德文寫博士論文。做研究和寫論文其實就是建立自己的理論去說服他人，因此必須擁有深厚的母語基礎才行。《柳時敏的寫作課》一書就提到了「母語的重要性」：

> 獨立思考能力是最重要的，這樣我們才能發揮創意、自主獨立地活著。全英文的幼兒教育有可能損害韓文思考力，因為語言不是單純的語言和文字而已，而是裝載思想的容器。不只是聽說讀寫，思考時也一定得用到語言。要是一個人無法正確使用母語，他也就很難擁有深度的思考力，思考不清晰的時候，外語自然難以進步。──《柳時敏的寫作課》（柳時敏著，思想之路出版）

二〇一六年春天，AlphaGo和李世石的人機對弈讓我體悟到在人工智慧產業全面發展的未來二、三十年後，人類需要靠創意才能生存下去。所謂的創意就是擁有自己的思考力，因此你必須有精準的母語實力才能發揮創意，想要打造穩固的母語基礎，可藉由多閱讀、多理解來培養。一個人如果無法表達自

己的想法，無論他再怎麼聰明又有何用呢？

　　有些父母怕自己沒辦法讓孩子學好英文，然而把母語學好才是小時候真正最重要的事，當母語基礎都打好，學外語自然簡單多了，而且成年後學英文並不會使母語能力退化。總而言之，有了穩固的第一語言才能學習第二語言。我認為學英文應該等成年之後再開始，從小學英文的確會讓你的英文突飛猛進，但這是很危險的選擇，因為這是你犧牲母語換來的成果。

小小的成就感
是鞏固人生的基石

> 如果你想把英文學好，只要選一本書把它背起來就行了。

　　每次受邀去高中做職涯講座，我就會提到自己高中被排擠的故事，甚至還分享我痛苦到試圖自殺的事情。

　　學生們問：「為什麼會這麼痛苦？」我回答：「你最討厭聽到父母說什麼？『誰家孩子又怎麼了、誰又如何了』對吧？你是不是不喜歡媽媽把你拿來跟其他人比較？而我的父母都是學校老師，他們動不動就說學校第一名如何如何。各位是被拿來跟媽媽認識的孩子比，但我卻得跟我爸學校的全校第一名比。」

　　這時候底下的學生便露出同情的表情，終於了解台上這位

大叔的痛處了。

「然而我的成績並不好，高中校內成績審核十五等我只排第七等，是班上五十人裡的第二十二名，我甚至還被選為班上第一醜。父母、課業、外貌三大煩惱讓我曾經想過自殺，倘若各位之中有人跟我有一樣的困擾，讓我在此教你如何解套吧！用一個方法就能一次解決三大煩惱，會是什麼呢？」

大家睜大眼睛看著我。

「活下去。你只要一天一天地讓自己變老就可以了。國高中課業成績很重要吧？畢竟學生時期只能拿成績來評斷一個人、為每個人排列名次，但是成年之後大家都是拿各自的本領求生存，因此課業絕對不是人生的全部。青少年時期覺得外貌至上？但是無論原本生得再怎麼好看，年過四十大家都變成歐巴桑、歐吉桑了，從前的帥哥美女看起來都一樣。而父母的問題自然會在你成年之後化解，要是你超過二十歲還跟父母處不來，那就不是各位的問題，而是父母本身很奇怪了。孩子都超過二十歲，不就是大人了嗎？怎麼可以隨便干涉別人的人生呢？」

接著我向台下聽得津津有味的學生提出最後的小叮嚀：

「各位現在這個時期很多事無法如你所願，你覺得很痛苦，但等你上了大學、年過二十，你就能以成人的身分過想

要的人生。希望那時候各位能為自己訂一個目標，任何目標都好，並創造成功達標的回憶。成績不好總是有理由，因為那不是你想要的。我希望至少在面對自己決心想要達成的事情時，你能夠堅持到底，而這些過程的回憶將成為鞏固人生的基石。」

學了英文之後，我對人生有了自信，我相信任何事情只要有決心辦得到。對讀書沒興趣的孩子成績差也是情有可原，況且人不可能每科都擅長對吧？但是大學入學考試不准你放棄任何一科，你得花多大的力氣才能把每一科都考好呢？想要課業成績好，你得樣樣都好，但成年後你只要用自己喜歡的一件事去拚勝負就好了。就我而言，我的興趣和專長變成了工作，我也很少再為了外貌而自卑，父親的嘮叨也不再讓我受傷，我只要努力去做自己喜歡的事就行了。我認為真正的孝順不是為了符合父母的期待而過著苦不堪言的日子，而是做自己喜歡的事，讓自己變得幸福。

二十歲之後我們終於可以過自己的人生，這時候一定要為自己設立一個絕對目標並努力去達成，如果你想把英文學好，只要選一本書把它背起來就行了。你該設立的不是和他人競爭的相對目標，而是靠自己的努力就能達成的目標，達成目標的成就感將會成為你人生最堅固的基石。

平凡瑣事不平凡

> 對於一個每天記錄生活的人來說，一天二十四小時都是靈感的泉源。

　　大家都夢想工作能和玩樂結合，但要用玩樂的態度去做事其實不容易，所以我覺得與其把工作當遊戲，不如把遊戲當工作。任何事只要認真做就會做得好，做得好就有可能變成你的職業，對我來說那就是英文。我原本把學英文當成興趣，結果就成了口譯員，這都要感謝學英文帶給我「忘我的喜悅」。人生只有一次，我們要如何過得精采？關鍵就在於「忘我的喜悅」，如何才能達到忘我的境界呢？

　　「忘我」是當你為了克服一件困難但可能達成的任務

而使盡全力時所產生的現象。——《生命的心流》（米哈里·奇克森特米海伊著，台灣天下文化出版）

自學英文是困難卻可能達成的任務，我認為二十幾歲的人學英文是練習忘我境界的好方法，但最關鍵的還是在於自動自發，如果學英文是被強迫的，那就很難達到忘我的喜悅。

做任何事目標應該放在事情本身之上，如果凡事都想要做出成果，你可能會遇到三種障礙：非成功不可的壓力、失敗便認為一無所獲、無法享受過程。

英文對我來說就像玩樂，我會利用它去做自發性的休閒活動，例如看美劇、讀小說，但在享受之前必須經歷背誦會話課本的痛苦過程。複雜的事情剛開始都是難以推動的，但只要跨過那個階段，消除了工作和玩樂的界線，等待你的將會是幸福的境界。想要熬過痛苦的階段，你必須有明確的目標，問自己「我為什麼做這件事？」

幾乎每個有興趣從事PD工作的學生都只知道PD光鮮亮麗的一面，例如可以看到很多漂亮的女演員，還能出席製作發表會接受導演專訪。其實電視劇導演的日常生活極為枯燥辛苦，我們常常得熬夜不斷地為同個畫面拍攝好幾個不同的角度，簡單的工作得重複好幾遍才能完成一個場景、一個章節、一部

戲。作品的好壞在於細節，細節就是能夠專注面對每個細枝末節的小地方，因此若你想把一件事做好，就應該培養對任何小事都能專注的習慣。

英文好就是把所有小地方都集合起來，一個單字、一個句子看起來沒什麼大不了，但它們集合起來就形成了英文的架構。人生不也是由許多小小的瞬間集合起來的嗎？

寫部落格這件事刺激我去挖掘日常經驗，對於一個每天記錄生活的人來說，一天二十四小時都是靈感的泉源。為了寫部落格，我看書時會一邊畫重點而不是隨便翻過就好，這讓我更能享受忘我的喜悅。去旅行時，我也會構思要在部落格寫什麼東西，然後去找美景、觀察周遭的人。你會發現，世界上有趣的事情比你想像的還多很多。

想要達到忘我的境界，最好能夠設立明確的目標，目標的目的不在於能不能達成，而是沒有了目標，你就很難把注意力放在一件事情上，變得容易分心。好比攀岩的目標是攻頂，爬不到終點你不會發瘋，但有了目標之後你就能專注於攀爬的過程。一個沒有目標的攀岩，只不過是無意義的攀爬而已，並且讓你深陷不安與無力感之中。──《生命的心流》

最近我都騎腳踏車上下班，加班後再騎二十五公里回家經常把我累得像條狗，這時候我就會想像自己現在是為了將來騎腳踏車環遊世界而做的預備訓練。為了讓騎腳踏車上下班更有意義，大概沒有比這個更好的動機了。

　　相同地，背誦英文句子這樣的日常瑣事也應該為它賦予偉大的意義。你為什麼要學英文？不論是想要環遊世界、退休後移民、二度就業，希望你都能懷抱夢想，勇往直前！

英語使我的人生更快樂

不到黃河心不死，英文也是一樣，堅持到最後就能學好，絕對不能中途放棄。

　　我們就要來到這本書的終點站了，不曉得看到這邊你會不會覺得很荒謬，一個電視劇PD居然寫書教大家怎麼學英文？我這個人本身愛分享，尤其大四的時候更誇張。當時是一九八〇年代後期，周遭很少人像我這樣瘋狂學英文，別人高喊「打倒美國帝國主義」「Yankee Go Home」（撤除美軍），我則自己默默聽著AFKN。對我來說英文不是美軍在講的語言，而是即將到來的全球化時代的國際共通語言。

　　一九八〇年代末，我讀了艾文・托佛勒的《第三波》和《大未來》以及約翰・奈思比的《大趨勢》等書，我得知未來

的二十一世紀將會是資訊革命的時代，交通和通訊發展使市場單一化，國與國之間的交流更頻繁，且隨著越來越多的國際貿易和資訊往來，英文一定會變成必備語言，於是我開始認真學起英文來了。別人都在準備托福，我則準備多益，因為我認為只有打算去美國念博士的人才需要念學術英文，而商業英文才是未來的要角。

一九九一年我在漢陽大學考多益拿到九百一十五分，得了全校第一名，不是因為我考得好，而是當時沒幾個人在準備多益。一九九二年畢業後我應徵了曉星物產公司，沒想到負責收件的女職員居然把我附在履歷表裡的多益成績單抽出來，隨手丟進垃圾桶裡說：「我們不收規定以外的文件。」她不知道我為了多益下了多少苦功啊！

言歸正傳，大量閱讀的習慣讓我幸運地掌握未來的趨勢，比別人早一步開始學英文也學得不錯，然而只有我一個人英文好不是太可惜了嗎？我得把英文的重要性、如何自學的方法宣揚出去，於是我開設了「精通英文祕訣班」，現在回想起來還真搞笑。當時我在漢陽大學中央圖書館的閱覽室前布告欄看到像這樣的紙條：

下午一點～五點，預約六十七桌。

武錫，我把報告放在九十七桌的賢哲位子上了。

我回家用電腦做了一張傳單並把它貼在這些紙條旁邊。

徹底征服英文！教你如何靠自學成為英文高手！每週一下午五點在工學館一〇五教室。

大四的我於是利用下課後的空教室開始了英文講座，我把它分成聽說讀寫四個主題，以四週的時間教大家怎麼學英文。現在想起來臉都紅了，我憑什麼開這種課呀？還記得第一堂課有二十幾個人報到，幾乎一半是社團學弟妹為了英文瘋子學長特地來捧場的。講座的反應不佳，越到後面人越少，最後一堂只剩兩、三隻小貓，為什麼呢？

因為我的方法太困難了。大家以為我會傳授什麼厲害的招數，沒想到卻是要他們多練聽寫、多背書練會話，各個失望地搖頭離去。況且那個年代就算英文不好也不影響就業，大家更不把英文放在心上了。最後一堂課結束後，我一個人挫敗地待在空蕩蕩的教室內，內心吶喊著：「未來的日子裡英文真的很重要啊！只要再努力一點英文就會進步了，大家為什麼就不能理解呢？」

這就是狂熱者的宿命吧？在大家還沒開始喜歡某件事之前

就先愛上了它，等到別人漸漸有興趣時，狂熱者已經像瘋子般不可自拔，最後為了宣揚甚至做出許多瘋狂舉動。要是別人無法理解其中的樂趣怎麼辦？那就繼續自己一個人享受吧！因此我自己去歐洲當了背包客。在那裡我心中再次確立了一件事：「把英文學好多好啊！」

二十幾歲的我只顧著自己想要什麼，最後沒能成功宣傳英文的好處。現在我五十歲了，應該要嘗試新的方法。如果因為當時的失敗就放棄，怎麼能稱自己是狂熱者呢？不到黃河心不死，英文也是一樣，堅持到最後就能學好，絕對不能中途放棄。

大學時開設的講座為什麼會失敗呢？因為太無聊、方法太難了。當時我憑著一股使命感，一心認為理所當然要學好英文（其實只有我覺得理所當然），不斷強調英文有多重要、再累也要忍耐，而忽略了學習者的樂趣和學習效能。

在寫這本書時，我絞盡腦汁思考如何把學英文的祕訣有效地傳達給讀者。還記得大四的講座我引用書裡的話激勵大家，高喊著「某某時代即將來臨、不能不學英文」，像隻鸚鵡般複誦著書中自己沒經歷過的事情，想想當時該有多空洞啊！而現在我這把年紀，終於可以將自己走過的路分享給各位了。

是呀，我應該用自己最熟悉的親身經歷鼓勵大家學英文，

讓讀者知道學英文使我得到多有趣的職業、多快樂的人生、多美麗的妻子。好，就這麼寫吧！

學好英文能享受的東西更多了，你可以看懂網路上無數的文章、YouTube上有趣的影片，你還可以自由自在到世界各地旅行。我希望有更多人愛上英文，為了滿足這個欲望，我願意再次挑戰當個宣傳大使，希望這次能成功！

如何聰明活用
補習班

　　我相信學外語能靠自學，但有個語言卻讓我倍感挫折，那就是中文。我買了《超簡單的中文基礎大全》並把整本書的對話背起來，在新加坡旅行時我充滿自信地用中文說：「這個菜好吃嗎？」「去萊佛士飯店怎麼走？」

　　但每個人都一臉茫然地看著我，我只好使用撤退戰術，無可奈何地改說英文。

　　某次我在濟州島偶來小路徒步後，來到了濟州市區的一家汗蒸幕。通常國內旅行我喜歡住汗蒸幕而不住飯店，因為背包客的省錢祕訣就是在徒步旅行最後一晚到汗蒸幕蒸到滿頭大汗，然

後在睡眠室裡呼呼大睡。然而當天湧入一群中國遊客，睡得不太好。我納悶為何中國人講話這麼大聲，後來學了中文才恍然大悟，原來中文裡相同的發音只要聲調不同意思就不一樣，因此講話一定要大聲又清楚才行。像是韓文ᄍ、ᄎ的讀音在中文就有ㄓ、ㄔ、ㄗ、ㄘ、ㄐ、ㄑ六個發音，因為必須根據舌頭的位置來區別，也就不得不講得大聲了。

當我發覺中文不容易自學，便決定去一趟補習班。我在外籍老師面前嘰哩呱啦講了一堆，老師聽了笑了笑，要我重學拼音和聲調，因此後來我就報名了上班族晨間班。

沒想到會話班也是挺有趣的，雖然我的中文程度依然破破爛爛，但我想在此跟大家分享我所領悟到的會話課學習方法。

1.預習／複習比上課更重要

每個來中文補習班上課的上班族都很不簡單，平常忙著加班、聚餐、出差，賴床都來不及了，居然還要提早一個小時起床，在上班前擠出時間去補習，想想該有多累啊？因此對許多人來說學中文就只是來補習班簽到而已。

但是只來上課卻不預習複習是不會進步的，只會徒增壓力而已，好比看電影時你會的單字就是會，不會的永遠還是不會。不準備就來上課，最後就變成了台上的外籍老師在表演，台下的學

生當觀眾。學生自認為已經付出很多的努力了，畢竟每天都撥出一個多小時來補習，但最後你付出的精力和金錢並沒有帶來相對應的進步。

補習要有效，至少得花一個小時預習，把當天要學的東西事先背起來，先自己念順口了，老師問問題時才能馬上回答。雖然會話班是要大家「free talking」，但並非真的free talking，因為要是突然點學生說話，大家可能一句都講不出來。尤其初級班的老師通常會依照當天的會話主題來發問，例如課本主題是「興趣」，老師就會問你喜歡什麼？主題是「職業」，就會談跟工作有關的事。

預習時可以根據課文的內容先自己造句，如果造句太難，你可以從書裡面找一些相似的例句並寫下來，例如職業是PD，那就先找找看「電視公司」的中文是什麼？「拍電視劇」該怎麼說？這樣在課堂上你才能回答得出來。要是上課才開始想單字、組合文法、掙扎著要不要開口的話，不但耗時還得在意會不會影響其他同學，沒辦法好好發言。

此外，下課後應盡可能在補習班的空教室或自習室把當天教的內容整理一遍，並且查一查老師課堂上舉的例子或課本沒有的單字，最後謄寫到單字本上。記得花時間把這些單字和句子背下

來，等到下次出現相關主題就能立刻使用，老師聽了一定會相當欣慰，心想居然有學生能活用自己額外補充的內容，因而肯定自己的教學。記得，想讓補習補得有成效，一定要預習和複習。

2.時間不夠，至少要預習

雖然複習能大幅提升學習效果，但時間不夠時至少要做到預習。外語不是母語，它不會像自然反射一樣脫口而出，而是需要先上點油讓它發動之後才會順口。預習的重要性就在於它讓你預先發動，如果你直接去上課，老師每次點你說話就結結巴巴浪費時間，等你終於發動完成準備開口時，下課鐘就響了。

預習時，把三分之一的時間拿來複習上次學的東西，三分之二則用來準備當天的進度。要是只有二十至三十分鐘可利用，那就省略複習、集中火力預習。不論再怎麼忙，至少在上課前十分鐘到教室把當天要教的課文看過幾遍，這樣你才會產生自信心，學得更順利。

3.會話課不講究民主程序

會話課不是民主式的討論，它不會把發言機會平均分配給每個人，而是根據學生自己的參與度來分配的。沒有人需要特別去照顧一個完全沒準備、被問話就啞口無言、打斷上課節奏、讓老

師深感挫折的學生。老師問問題一定期待大家能活用之前學過的內容，然而學生卻毫無反應，老師怎麼會有幹勁呢？這時候就應該自告奮勇舉手回答。只要學生有一人能活用預習時背的句子並對答如流，老師教得更起勁，整個班上的氣氛也會變得不一樣。

要是全班同學都一語不發，讓老師唱好幾個小時的獨角戲，那該有多累啊？回答問題時盡量把句子講長一點，不要只回答一句話或「是、不是」，至少讓老師操勞的嗓子能稍微休息，這樣才是優秀的學生啊！

free talking時間不要客氣，拚命講就對了。人家說勇敢的男人才能抱得美人歸，勇敢的學生也才能占得會話老師啊！男人不該羞於現身而讓美人孤老一生，學生也不該讓老師孤單一人唱雙簧，對吧？

4.忙到連預習都沒空，就不要勉強補習

學外語講究的是自動自發積極努力，只是被動的補習並不會讓你英文進步，你只是求個心安，覺得自己有在讀書。既然你好不容易下定決心、錢也花了，不是應該讓補習發揮它最大的價值嗎？投資股票不能保證高報酬，但學英文絕對有將近百分之百的投資報酬率，在報名補習之前先把會話課本背起來，效果絕對加倍！

堅持到英語成為你的興趣為止

　　去高中做職涯演講時，學生們通常會問我成為PD的祕訣是什麼，我的回答是「多閱讀」。聽說我在MBC電台新人面試時給評審最深刻的印象就是每年讀兩百多本書呢！然而學生們又問了，一年讀兩百本書就可以當PD嗎？我很認真地回答：

　　「我不是為了當PD才閱讀，我從小就喜歡看書，讀著讀著就成了PD。PD是這個世代的說故事者，也就是喜歡看書、喜歡故事的人。新人PD的公開招募競爭率是一千二百比一，落選的機率遠遠大於錄取，如果你本身不愛閱讀，卻為了當

PD勉強自己看書，萬一不幸落榜了該有多懊惱？過去看書所花的時間不都白白浪費了嗎？各位儘管做自己喜歡的事吧！全心全意瘋狂地去做，結果可能成功也可能失敗，但是即便失敗，畢竟你也盡情享受過自己喜歡的事了。不要為了未來犧牲現在，比夢想還更重要的是能不能享受當下。」

《跟過去習慣的高成長說掰掰》（于敬霖、李慶珠著，Analog出版）一書提到一九八〇年韓國人均GDP是一千六百八十九美金，到了二〇一四年已經升為二萬八千三百三十八美金，三十年就成長了十七倍。在高速成長期隨便投資隨便賺，房價狂飆的時候就算借錢買房，賣房的價差都還有盈餘。然而社會不可能持續高度成長，現在我們已經進入低成長期。落後國家發展為先進國家的過程中因原本條件差，所以只要稍微快馬加鞭就能出現明顯的成長，但是一旦躋身為先進國家之列，社會發展速度也就漸漸慢下腳步，若像日本爆發泡沫經濟反而還會倒退呢！我們現在應該做好面對低成長時代的應變措施才行。

在高成長期借錢投資還有機會倒賺一筆，例如買公寓一定會漲、就業後再償還高額學貸依舊綽綽有餘，然而將來的低成長時代就不能同日而語了。貸款買房會變房奴，借錢送孩子出國留學則變成教育貧民。人類是記憶高手，明明社會已經改

變，卻仍帶著過去三十年間年高度發展時期的記憶，幻想還能完整移植當時的成功方式。到頭來，低成長時代的矛盾現象越來越明顯，人們再怎麼努力生活還是一樣不幸福。

從前學英文的確是一項會獲利的投資，高度成長時代打著出口強國的口號拚命發展國際貿易，因此英文好的人很容易找到工作和升遷機會，然而未來不再有那麼多的好職缺，你的英文投資要回本將會變得更困難。書上還指出韓國大雁爸爸*已經多達五十萬人，他們為了孩子的未來而犧牲了全家人的現在、家人間的愛，還有自己的退休基金。未來那些幼時留學的孩子歸國後，韓國的經濟已經正式邁入低成長的局面，當初所付出的投資恐怕難以回收。

投資就是為了將來能獲利，如今投資英文的時代已經過了，從前那優渥的報酬也早就沒了。我們應該把學英文本身當作報酬，別再想著用英文來達成什麼目的，而是把它當成用來精進自我的興趣活動，像圍棋或象棋之類有助大腦認知能力的遊戲般去享受它。在低成長時代，不要把學外語當成對未來的投資，應該把它視為享受當下的興趣行為。

---

* 譯註：기러기 아빠，意指隻身留在韓國賺錢養家，將妻子和孩子送出國讀書的父親。這些爸爸好比「引領期盼的大雁」，故稱為大雁爸爸。

以前在口譯研究所上課時，我跟朋友曾經聊過學英文的必要性。

　　「韓國人為了學英文把自己搞得壓力好大，其實不是每個人都必須學英文吧？只要好好做自己想做的事、認真享受自己喜歡的事，需要用到英文的時候再請翻譯不就好了嗎？」

　　未來人工智慧成熟之後，就會有機器人來幫你翻譯了，據說現在NAVER LINE的日文同步口譯服務、Google的英西文翻譯已經具有相當高超的水準，往後不再需要人人花大把的時間和金錢去學外語，也可以透過自動翻譯機或口譯軟體達成良好的溝通。

　　當然，即使在自動翻譯機的時代，英文好的人依然存在優勢，因為知識資訊越發達的社會其資訊價值越高，而網路上大部分為英文資訊，最新專業知識也幾乎為英文，因此英文好跟不好的人之間資訊落差就會越來越大。人工智慧再怎麼發達，軟體翻譯在處理情緒與情感傳達時依然有它的缺點。語言的特色就在於它存在著模糊和不精確，像韓文的「路」「風」「思念」就找不到能百分之百對應的英文，依照狀況的不同意思也就不一樣，很難用機械式翻譯來處理。即使未來將進入人工智慧時代，我們還是需要人與人之間共鳴、交流、溝通的能力，因此具備英文交流能力依然是有競爭力的。

最後，我要感謝願意讀完本書的所有讀者。我非常愛閱讀，每年雖然讀超過一百本書，但我卻沒辦法實踐裡頭所有的忠告，一百本我大概只能實踐兩、三本吧？而我的部落格每天大概有一千多人瀏覽，留言部隊開放之後，大概有二、三十人正在背英文句子。也就是說，買這本書的一百名讀者大概有九十七名是不背英文會話的。

各位不必因為買了書不照做而感到自責，因為大部分的人都是這樣。花了錢買書卻沒辦法立刻開始背英文的讀者們，不必覺得可惜，不學英文真的沒有關係！如果你還有更重要的事得做，不必勉強自己背英文書。各位即使不學英文，我希望至少能達成以下其中一項，這樣就算收穫滿滿了。

一、「為了孩子的英文，不一定得花大錢從小送去國外留學。」如果你開始認同這句話，表示你已經得到了這本書要送出的最大禮，也是我最想傳達的概念。請不要勉強孩子學英文，讓他在學習階段自在地閱讀玩樂吧！等到孩子大了、上大學了，再把這本書推薦給他，要不要照做則由大學生的他自己決定。要是他不願意背也不要責罵他，畢竟身為父母的你都沒背了對吧？

二、「等到將來要移民、轉職等等必須使用英文的時候，再用這本書的方法做就好了。」延後實踐也沒關係，我本身也

是為了寫這本書而暫停了正在學的西班牙文，因為我整個心思都放在寫書，西班牙文一句都進不到腦子裡。如果你的英文也出現這個問題，那就表示你有更重要的事情要做。現在就專心去做對你而言更重要的事情吧！英文之後再學就好了。

三、「至少這本書讀起來挺有趣的！」若你這樣想我也很開心，因為喜劇PD人生最大的收穫和樂趣就是逗人開心，本來各位是為了學英文才看這本書的，要是還能附加一點歡笑我也就心滿意足了。

不過我還有個小小的願望，那就是希望有更多人來我的部落格留下自己的英文學習進度，畢竟花心思寫了這本書不就是為了勸大家學英文嗎？我會繼續在英文學習之路上為各位加油打氣的！謝謝大家！

致　韓敏根老師

　　老師，近來好嗎？我接到《泉》雜誌的邀稿，請我寫一封信送給一生最感謝的恩人，我就立刻想起了您。二十年前我白天當推銷員，晚上則到您開設的口譯研究所應考班上課。

　　您說過您的英文是在一九七○年代後期開始自學的，當時您為了邊走邊聽英文錄音帶，還把大型錄音帶播放器整台綁在肩膀上扛著走，因為那個年代還沒有隨身聽或MP3播放器。想到這兒，實在慶幸現在學英文的方便性，帶著口袋大小的智慧型手機、開啟藍牙耳機就能聽英文了。總之，您扛著像電鍋一樣大的播放器一邊自由自語，村裡的人看了都以為您瘋了。

　　直到您出現在電視裡頭，這場誤會才解開。一九八四年美

國總統候選人雷根與孟岱爾有一場電視競選演說，當時您就是在韓國電視台做直播的同步口譯。村民們看到這一幕才恍然大悟，原來您自言自語其實是在練英文。

您被讚譽為當代最厲害的英文自學實力派，然而您的口譯生涯卻沒有維持太久，因為您以前為了聽錄音帶，每天戴好幾個小時的耳機，把聽力給損害了。對於同步口譯員而言聽力如同生命，因此最後您選擇到同步口譯訓練班任教，我也因此有機會能準備口譯研究所的入學考試，最後還錄取了。

外國語大學口譯研究所畢業後，我在MBC電台擔任PD，今年是我情境喜劇導演生涯第二十個年頭了。雖然我不曾學過電視導演，但工作上並沒有什麼大礙。就像當初學英文那樣一句句耐心地背誦，拍攝的時候也是一個個畫面、一個個場景有條不紊地拍。搞不好我二十二年前向您學到的不是怎麼學英文，而是怎麼過人生。

由衷感謝老師的諄諄教誨，祝身體健康。

寫完這封信之後，我回想當初跟老師結緣的過程，原來可以追溯到一九九一年我讀大三上學期的時候。當時我在學校上廁所，剛好看到和眼睛等高的牆上貼了一張「徵求夜校老師」的傳單，那間學校叫做「不倒翁週日學校」，事實上它並非夜

間上課，而是週日才開放的補習班。看到傳單的瞬間我全身不由得顫抖著，是因為預料到新緣分即將來臨而產生的戰慄嗎？那時候我還做英文家教，為自己添了不少零用錢。我用免費學來的英文賺了這麼多錢，一週花一天時間免費教人英文也不錯啊！我抱持著將會有所收穫的心情報名參加。

去了現場才發現英文老師的名額已經滿了，大部分都是大學志工來報名，其中又幾乎是師範大學英文教育系的學生。憑我一個靠自學的理科生要教英文也太丟臉了吧？那時候可不像現在這麼厚臉皮。然而負責人看理工科學生難得來報名非常開心，問我要不要教科學方面的課，於是我就陰錯陽差變成了夜校生物老師。

學生們大多是在清溪川或東大門和平市場工作的裁縫師和裁縫助理（又稱「小跟班」），她們幾乎都是十幾歲大的女紅。一九九○年初期很多家境不好的人家通常在長女小學畢業後就送她們去工廠工作以補貼弟妹的生活費，這些人夢想著哪天賺到了錢要去上大學。她們加班回家還得在宿舍裡準備學歷鑑定考試，禮拜天則來夜校上課。

她們被關在清溪川裁縫工廠的小閣樓，每天熬夜踩著裁縫車，唯一的假日還得來夜校上七天濃縮成一天的密集班，想當然有多累啊？我絞盡腦汁想著要怎麼讓學生不打瞌睡，後來我

發現最好的方法就是逗她們笑，於是我每五分鐘就一定想辦法製造出笑點。

學生們因為渴望受教育而報名了夜校，但很多人終究還是抵擋不了身體的疲憊而選擇中途放棄。我發現無論學習有再多好處，少了樂趣依然會讓人感到疲累，任何事都必須有趣才有意義。這般領悟對我後來的綜藝PD生涯也帶來了很大的幫助，我相信「為觀眾帶來樂趣」即是綜藝PD服務大眾的方式。無聊的綜藝節目沒人想看，沒人看的節目就沒有意義了。

寫英文學習書也是同樣的道理，無論再怎麼好的學習方法，如果它本身不有趣就不會有人效法，那麼這個方法自然就被打折扣了。任何事情都得有趣才能持續，這樣才會給更多人帶來意義。

我還想起了夜校志工時期的「菠蘿麵包」，那是一間開在鐘路書籍旁邊叫做「高麗堂」的大型麵包店，老闆每週都準備了好幾箱菠蘿麵包要送給學生們吃，而新來的男老師們就負責早上去高麗堂搬麵包。我現在看到菠蘿麵包還會想起當時的總總。高麗堂的老闆，謝謝您！

夜校最難的就是找場地了，鐘路外語學院很照顧不倒翁週日學校，願意在週日打烊的時間外借教室給我們用，他們還特別給

志工老師們語言課程的學費優惠。鐘路外語學院院長，謝謝您！

也有人從不倒翁的學生變成了老師，最知名的例子就是朴相圭老師了。他因為家境清貧而不得不在工廠一邊工作，一邊到不倒翁準備國高中學歷鑑定考試。後來他順利通過考試並錄取了大學，但他卻繳不起學費，因此當時還是大學生的老師們還一起打工幫他籌措學費。從前的學生成了如今的老師，他可說是不倒翁裡最紅的招牌。他跟我一樣都是讀漢陽大學，我就是看到他張貼在廁所的傳單而來到不倒翁的。他說：「我特別貼在男生站著時眼睛剛好能看到的高度，厲害吧？」多虧有他我才能與不倒翁結緣，並且有一段非常快樂的大學時光。朴相圭老師，謝謝您！

話說鐘路外語學院週日休息，但依舊有一位很拚的老師願意在假日公開為大家上免費的課程。他說教英文這麼有趣，怎麼捨得休息？因此他週日一樣清晨就起床來教課。學院頂樓某間教室已經成了他的專屬教室，可見他有多紅。看他犧牲假日為大家免費上課，我明白原來做自己真正喜歡的事情，即使沒錢也願意。後來他還開設了自己的同名補習班，這位就是李益薰老師！謝謝您！

我大學畢業後到韓國3M工作，當時我被分發到醫療保健部門，負責推銷產品給牙醫師。雖然大部分的推銷員應該跟我情況差不多，但牙醫業務這個工作稍微特別一點，因為在醫院

裡大家都是苦著一張臉進去，只有我是笑著臉登門拜訪。

要把東西推銷給牙醫這樣的社會上層人士，難免遇到自尊受傷的時候。該怎麼療癒受傷的自尊心呢？只要做你平常最拿手的事情就對了，對我而言就是英文。剛好公司福利可補助員工英文補習費，於是我就想起了當初給我們夜校老師學費優待的鐘路外語學院！

我拿著課表詢問諮商員：「請問英文班裡哪一個是最高級的？」

「我們這裡最高級的英文課是口譯研究所考試班。」

而當時負責口譯研究所考試班的就是韓敏根老師，他給了我勇氣去挑戰新的人生。韓敏根老師，感謝您！

寫到了韓敏根老師，才發現我們的緣分原來是從大學廁所開始的。剛上大學為了在暗戀的女生面前留有好印象而開始學英文，後來又為了教別人英文而去了夜校當老師，畢業後託英文的福而被外商公司錄取，接著又從口譯研究所畢業，當上了MBC電台的PD。

回想起來，原來人生沒有一件事是平白無故發生的，每一件事都以各種形式互相關聯。所有的緣分、經歷都是寶貴的，人生到頭來每一天都是珍貴的禮物。

《深度練習》搶先讀

沒有人知道什麼樣的工作會賺錢，什麼樣的工作不賺錢。因此一開始一定要以有趣為主。即使不賺錢只要有樂趣即可，調整自己的心態讓自己好好地享受其中。為了做到這件事，我有一句反覆背誦的魔法咒語：「免錢玩世界！」我喜歡的閱讀、旅行、外語學習等，都是一些不需要花大錢的興趣。在準備退休生活時，我只有一個念頭，「反正我退休後的興趣活動不會花大錢，所以與其賺大錢還不如以有趣的工作為主。」比起工作，我更想把玩樂這件事做好。面對玩樂比工作還要認真？乍聽之下是很孩子氣的一句話，但是未來這句話將會成為最高的生存法則。

結合工作的我和玩樂的我

我的二十代可說是由失敗貫串的時期，諸如大學沒考上第一志願、就職階段在書面審查就被淘汰、在第一間公司半路辭職、自口譯研究所畢業後轉換工作跑道等。雖然我經常失敗，但我卻無法放棄。為什麼？因為這是我的人生。我不能因為不成功就放棄。更重要的是，我不想因為害怕失敗就隨便地妥協於自己不喜歡的工作。現在是百歲時代，若要做著無趣的工作維生，人生未免也太漫長了。總是經歷常態性的失敗，總有一天也會獲得偶然的成功，那種時候就應該要堅持才行。因為從一開始我就打算如此。當我們變得無所畏懼時，我們的自信心會上升，人生也會隨

之成長。若是滿足於成功而不再做些新嘗試，人就會退步。即使失敗仍舊持續挑戰才會讓我們成長。

練習常態性的失敗和偶然的成功最好的環境就是玩樂了。只有在玩樂的時候我們才能不受失敗束縛。玩樂無法預料勝負，所以我們才能屏除輸贏，憑著玩樂的樂趣反覆持續下去。就算一直輸也不會感到害怕。只有玩樂的時候才能創造出最有創造力的條件。

因為閱讀是我的興趣，寫作是一種學習，所以我樂在其中。儘管在學校學習很無趣，但是上年紀後的自學是毫無壓力的，既沒有考試也毋需競爭。我只是想要比昨天多瞭解一件事、多領悟一些而已。要是那些小時候認真學習、長大後認真工作的人們能更認真玩樂就好了。我相信，如果能透過遊戲提昇勇氣、培養創造力，在即將到來的時代一定能夠更快樂、更長久地工作下去。

挑戰新遊戲比新工作來得容易。我們可以透過挑戰獲得勇氣、透過遊戲培養能力。懂得玩樂的人總是想把這份樂趣傳達給他人。因為真正的狂熱迷是會想跟他人分享自己的快樂的人。由於懂得合作的重要性，所以獨自玩得好的人也能和許多人玩在一起。而玩部落格的人是想要把自己學到且熟悉的東西分享給他人的人。在玩樂世代裡，所謂未來型人才不就是能在玩樂當中培養創造力、能力和合作精神，然後再把玩樂轉換成工作的那種人嗎？

（摘自2019年1月出版　金敏植《深度練習》）

金敏植最新作品

《深度練習：每天都寫十五分鐘》

2019 年 1 月 1 日隆重推出　敬請密切注意

（原文書封，中文版封面設計中）

金敏植是 MBC 電視劇 PD。

是科幻小說迷兼譯者，情境喜劇粉絲兼 PD。

是電視劇愛好家兼導演，讀書狂兼作家。

是將興趣轉化為職業的玩家兼專家！

他七年來每天始終如一地寫作，

開啟了主動性人生。

「因為有規律的今日才有無限的明日！」

每天書寫的習慣所帶來的驚人變化！

國家圖書館出版品預行編目資料

你背過一本英文書嗎？／金敏植著；袁育媜譯.
——初版——臺北市：大田，2018.01

面；公分.——（Creative：125）

ISBN 978-986-179-513-3（平裝）

805.1   106020451

Creative 125

你背過一本英文書嗎？

金敏植◎著
袁育媜◎譯

出版者：大田出版有限公司
台北市 10445 中山北路二段 26 巷 2 號 2 樓
E-mail：titan3@ms22.hinet.net http：//www.titan3.com.tw
編輯部專線：(02) 2562-1383 傳真：(02) 2581-8761
【如果您對本書或本出版公司有任何意見，歡迎來電】
法律顧問：陳思成律師

總編輯：莊培園
副總編輯：蔡鳳儀 編輯：陳映璇
行銷企劃：高芸珮 行銷編輯：翁于庭
印刷：上好印刷股份有限公司 (04) 2315-0280
初版：2018 年 01 月 10 日 定價：320 元
二刷：2018 年 10 月 05 日
國際書碼：978-986-179-513-3 CIP：805.1/106020451

總經銷：知己圖書股份有限公司
台北：台北市 106 辛亥路一段 30 號 9 樓
TEL：(02) 23672044 / 23672047 FAX：(02) 23635741
台中：台中市 407 工業 30 路 1 號
TEL：(04) 23595819 FAX：(04) 23595493
E-mail：service@morningstar.com.tw
網路書店 http://www.morningstar.com.tw
郵政劃撥 15060393（知己圖書股份有限公司）
印刷：上好印刷股份有限公司

填寫回函雙層贈禮 ❤
①立即購書優惠券
②抽獎小禮物